勇者学園無双
王の
岸本和葉
ill. 桑島黎音
JN044799

ゼナ・フェンリス
魔王の部下。アルドノアに仕えるため転生。アルの隣と四天王の座は譲れない。
アル
魔王アルドノアの転生体。底なしの魔力を誇るが、勇者学園では最低のFクラスに配属される。
CHARACTER

ブレイン・ブランシア
勇者学園Aクラス担任兼学年主任。徹底した能力主義者。
メルトラ・エルスノウ
男装で勇者学園に通うAクラスの生徒。アルの初めての友達。
ベルフェ・ノブロス
魔王の部下。アルドノアに仕えるため転生。元魔王軍四天王の一人。政略に長けた苦労人。
チェーンキラー
貴族御用達の殺し屋。

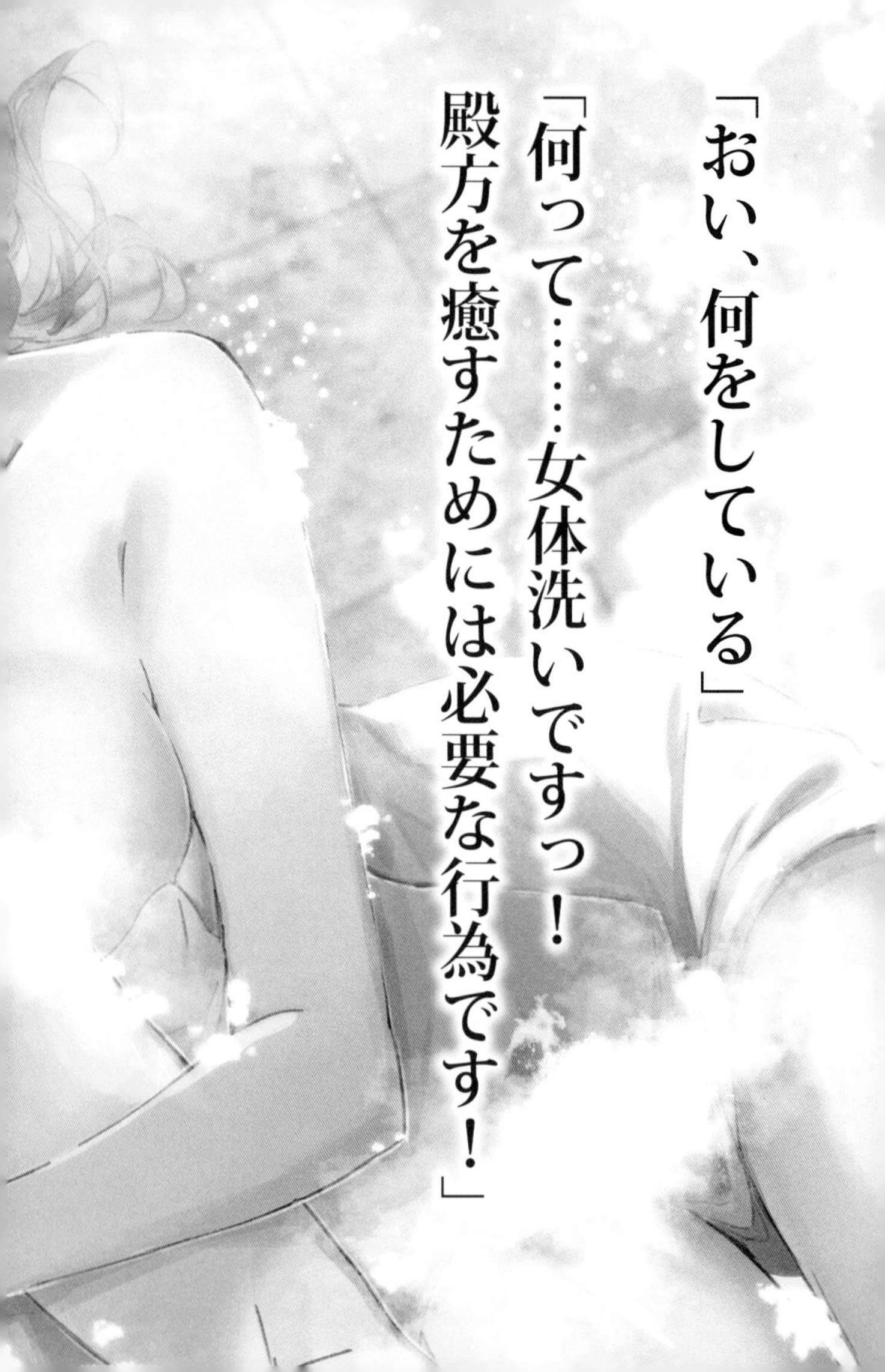

「おい、何をしている」
「何って……女体洗いですっ！
殿方を癒すためには必要な行為です！」

「ボクは自分らしく生きて、
自分らしく死にたい。
それって……何かおかしいかなぁ？」

CONTENTS

TENSEIMAOU NO
YUSHAGAKUEN-MUSOU

転生魔王の勇者学園無双

岸本和葉

〔イラスト〕　桑島黎音

プロローグ：魔王、転生する

「――弱い」

玉座に座った鋭い目つきを持つ男は、地べたに倒れている者たちを眺めながらそう言葉を漏らした。

彼の名は、魔王アルドノア。

この世に生まれし魔物、魔族の王。

森羅万象あらゆる力を自在に使いこなす、絶対的な力を持つ者。

すでにこの世界は、彼とその配下の魔族たちによって支配されつつあった。

ただ、これは決してアルドノア自身が侵略しているわけではなく、彼を亡き者にしようとする人間たちが自滅した結果というのは、この先で生まれる勇者と魔王の伝記には記されない内容である。

「貴様ら、本当に人類の最終兵器なのか？」

己を奮い立たせ、何とか立ち上がろうとしている人間たちに、アルドノアは問いかける。

その内、勇者レイドと呼ばれている一人の青年が、瀕死の体をさらに酷使して体を起こした。

「魔王アルドノア……！　勇者レイドの名に懸けて、今度こそ貴様を倒す！」

「……はぁ」

レイドはぷるぷると震える腕で剣を持ち上げ、アルドノアに向けて跳びかかる。

アルドノアから見れば、哀れで仕方がなかった。

彼が一つ指を鳴らす。

するとレイドの体は、不可視の衝撃波によって再び床を転がった。

「かっ……は……」

「そろそろ無駄だと悟ったか？」

「うるさい……！　僕は貴様を倒し……貴様に奪われた人類の領土を取り戻すんだ……！」

「……何度も言っているが、俺は自分の意志で貴様ら人間から領土を奪ったわけではない」

　睨みつけてくるレイドの視線を意に介さず、アルドノアは言葉を続ける。

「俺は無から生まれた。その際にこの世界の領土の一部を貴様ら人間が住めない環境にしてしまったことは認めよう。とは言えその広さは大したものではなかったはずだ。人間の数が減ったのは、愚かにも俺をこの世界から消そうとして自滅した結果ではないのか？」

「っ……！」

「思い返してみろ。俺は一度でもこちら側から貴様らの領土に攻め入ったか？　自分から戦（いくさ）を吹っ掛けたか？　無慈悲（むじひ）に命を奪ったか？　――すべては貴様らが始めたことだ。俺たちはただ、自分たちの命を守っていたにすぎない」

　レイドの唇がわなわなと震える。

　否定したい。

　そんな気持ちが、体に表れていた。

「貴様らはもう後に引けなくなっているだけだ。俺を倒すために注いだ数多（あまた）の命。今俺を諦めれば、それらがすべて無駄になる。だからムキになっているのだろう？」

「そ……そんなんじゃない……！　お前が世界を滅ぼす前に！　僕がお前を倒さなければならないんだ！」

「俺がいつ、世界を滅ぼそうとしたんだ？」

「くっ……」

レイドの頭が整理されていく。

これまで彼は自分のすべてを魔王討伐（とうばつ）に捧（ささ）げてきた。

勇者だから。皆の期待を背負っているから。

人類の希望として立ち上がった自分が、まさか無意味に戦い続けていただなんて、冗談でも思いたくない。

だから勇者は考えることをやめ、魔王を倒すための傀儡（くぐつ）となった。

「レイド……！　耳を貸してはいけません……！」

「クロウリー……！」

「奴は魔王です！　敵なのです！　貴方を騙そうとしているに決まっています！」

「だ、だけど……！」

勇者の仲間、大賢者クロウリー。

彼もまた、魔王を倒すために己の魔法の技術をすべて注いできた修羅（しゅら）の者だった。

「戦うのです！　最後まで！」

「うっ……ううっ」

アルドノアは目を細める。

彼らに対して抱いている感情は、ただただ哀れ。

真実から目を背け、己との戦いからも逃げた弱き敗者たちだ。

「……機会をくれてやろうか」

「え？」

ふと、アルドノアの口からそんな提案が漏れていた。

彼にとって、勇者たちを蹂躙することなどあまりにも容易い。

だからこそ、彼は思った。

『それではあまりにもつまらない』――と。

「ここまで諦めずに挑み続けた褒美だ。貴様らに、俺を倒すための準備期間をくれてやる」

「な、何を言って……」

「そうだな……千年、と言ったところか。それだけあれば、俺に匹敵する力を持つ存在を生み出せるだろう？」

魔王はただ、飢えていた。

自分と対等な存在に。

自分を脅(おびや)かすような存在に。

「貴様らが育てるのだ。最強の人類を。俺に勝てる力を持った、大いなる存在を」

「……ふざけるなっ！　その間お前が襲ってこない保証なんてどこにもない！　希望を持たせておいて、後からすべてを壊すつもりだろう！」

「ううむ……そんなつもりはないのだが……では仕方あるまい」

アルドノアが指を鳴らす。

すると彼を中心に、漆黒(しっこく)の魔法陣が展開された。

「俺はここで一度死ぬことにする」

「な……何⁉」

「しかし千年後、俺は再び甦(よみがえ)る。貴様らが生み出したであろう、俺を倒せるだけの存在と出会うために」

「ッ！　待て！　お前は……何のために……」

迷子の子供のような表情を浮かべるレイドを見て、アルドノアはくすりと笑った。

「ずっと、生まれてきた意味を探していた」

「え……？」

「何故生まれたのか、何故生きているのか、何を成すべきなのか……ずっと考えていたが、答えはでなかった。俺を慕う者たちにも、きっとこの迷いは伝わっていたことだろう」

　アルドノアは、自身の城の天井を見上げる。

　この城の下層では、すでに彼の意志が共有された数多の配下たちが膝をついて王の結論を待っていた。

「いくら考えても結論が出ないのなら、諦めるしかない。後のことは未来の俺に託す。そのための転生でもあるのだ」

「……」

「人間どもよ、足掻いて、藻掻いて、強くなるがいい。さもなければ、今度こそ俺はこの世界を滅ぼすために動くかもしれんぞ？」

　魔王アルドノアの言葉に、勇者レイドは息を呑む。

　この世に生きる人間の中で、もっともアルドノアに近い存在だからこそ理解できた。

　彼の言葉には、まったく偽りがないことを。

「レイド！　〝転生の儀〟を今すぐ止めるのです！　ここで仕留めれば！　我々人類に真の平和が――」

「ははっ、もう遅いわ」

魔法陣が黒く煌々と輝き始める。

己の魂を世界そのものに焼き付け、輪廻に落ちても同じ魂を持って生まれることができる禁断の秘術。

「さらばだ、勇者レイドとその仲間たち」

ヘル・レイズ――。

アルドノアがそう告げると共に、彼の体は漆黒の業火に包まれた。

第一話：魔王、再会する

「アルー！　下りてきなさーい！」

「む？」

エプロンを身に着けた女性は、高い木の上に腰掛けていた少年に声をかけた。

黒髪に金色の眼。

その身体的特徴は、かつてこの世を支配していた災厄の魔王の姿によく似ていたが、それを指摘できる者はこの時代には存在しない。

「ご飯冷めちゃうわよー！　早く来なさいってば！」

「うむ、分かった」

アルと呼ばれた少年は、枝を掴みながら軽快に木から下りてくる。

女性はその姿を呆けた表情で眺めていた。

「はぁ、いつも思うのよね。どうやってこんな高い木に登っているのかって」

「別に特別なことはしていない。登れるところに手と足をかけ、後は腕力だ」

「うーん……そんなかけられる場所なんてあるのかしら」

女性の指摘はもっともだった。

アルは決してそんな方法では登っていない。

脚部に魔力を流し、〝魔力強化〟と呼ばれる技術を用いて跳び上がっているのである。

まだ十歳である彼が、そんな技術を扱えるだなんて誰も思わない。

故にアル自身も、そうして登っていることを誰にも告げていなかった。

「――ま、いいわ！　早く家に戻りましょ？　今日はいいお肉が手に入ったから、あなたの好物のハンバーグを作ったのよ？」

「それはいいことを聞いた。母、早く帰るとしよう」

「ちょ、ちょっと！　急に走らないでよぉ」

家の方へと向けて駆けていく息子を、母親も必死に追いかける。

この辺境の村の少年、アル。

彼こそが、世界に平和が訪れたあの日より千年後に生まれ落ちた、魔王アルドノアである。

アルドノアだった者が生まれた場所は、エルレイン王国の領土内にある辺境の地。人口としては五十人にも満たない小さな村である。

農夫の父と、その妻の下に生まれた彼は、何も特別なことはない平凡な子供でしかなかった。

唯一(ゆいいつ)他の子どもと違うところがあるとすれば、毎日毎日村一番の大木の上に登って、遠くを見つめる習慣があるところ。

アルという新しい名を授(さず)かり、一人で歩けるようになったその日から、一日たりとも欠かさずその習慣を守り続けていた。

(今日も見えないか……)

彼がこの世に生まれ落ちてから、すでに十五年が経過していた。

体はすっかりと成熟し、もう限りなく大人に近い。

中身は魔王でも、体自体は人間である。

故に年齢の取り方は人そのものであり、角も尻尾も生えていない。

（いい加減面白いモノが見えてほしいのだが）

大木の上で、アルはため息を吐く。

彼は自身の眼に〝魔力強化〟を施し、遥か遠くの景色を見ていた。

千年前に勇者たちと約束した、自分と対等に渡り合える存在の育成。

彼らがその約束を果たしたのであれば、どこかに圧倒的な力を持つ存在がいるはずなのだ。

「はぁ、そろそろ村を出た方がいいか」

アルの強化された視力であれば、遥か彼方の景色まで見ることができる。

しかしそもそもここが辺境の地であるせいで、あまりにも情報量が少なかった。

山や森、精々そこで生きる弱い魔物が見える程度。

人に関してはたまに行商人が通るくらいで、ほとんど通ることはない。

この場所は、人探しにあまりにも向いていなかった。

（両親に義理立てをしてここまでこの村で過ごしてきたが……さすがにもういいだろう）

魔王と言えど、赤子の時は何もできなかった。

有り余る生命力で生き抜くことは可能だったとしても、人間らしい尊厳を守ってくれたのは間違いなく両親である。

子供が少ないこの村では、アルは大変大事に扱われた。

子供は村の外に出てはいけない。

そんな過保護な決まりがあったせいで、アルは今まで拠点を変えることができなかった。

もちろん無理に村を抜けることはできたが、先ほども言った通り、それをしなかったのは彼が両親に義理立てをしていたからである。

「……ん？」

ふと、アルの視界の端に何かが映った。

魔力強化を強めてよく目を凝らせば、それが豪華な高級馬車であることが分かる。

行商人とも違う、まるで貴族が乗るような外見に、アルの興味は自然と引き寄せられた。

「あ、アル！　ちょっと下りてきなさい！」

「む？」

アルが馬車を見つめていると、突然母親から声をかけられた。

何やら焦っている様子を見て、アルはいつも通り枝を伝って地面へと下りる。

「母、そんなに動揺してどうしたのだ」

「そ、それがね？　今日王都の方の貴族様が村に来ることになってて、今年十五歳の子供と会わせてほしいって言うのよ。私も村長からさっき知らされて、もうパニックになっちゃって……だってこの村で十五歳って言ったら、あなたしかいないじゃない？」

「それはそうだな」

貴族が来ること自体あり得ないことであるはずなのに、そこに加えて十五歳の少年に用があるときた。

基本的に平民は貴族に逆らえない以上、アルの母親が酷く動揺するのは仕方がないと言える。

「どうしましょう……！　まさかアルを影武者とかに利用するつもり!?　それなら私もお父さんも全力で戦うからね！　私たちはいつだってアルの味方だから！」

「……感謝するぞ、母。しかし、俺なら大丈夫だ」

「で、でも……」

「まだ悪意を持った相手とは限らない。俺に用があるのなら、とりあえず会ってみようではないか」

「そ……そうね」

母親には悪いと思いつつ、アルは胸を躍らせていた。

退屈な村で、何かが変わろうとしている。

十五年もの時間を耐え続けた彼にとっては、これを待ち望んでいたと言っても過言ではなかった。

アルが母親と共に村の中心へと移動すると、そこにはすでに先ほど見た豪華な馬車が止まっていた。

初老の執事と共に村人たちに挨拶をしているのは、銀髪の美しい少女。

色白の肌、豊かな胸。

吸い込まれそうなほどに美しい瞳は、赤色に輝いている。

仕立てのいい衣服を身に纏い、その仕草には到底隠し切れないであろう品があった。

「お、フェンリス様が会いたいと言っていた村唯一の十五歳が来ましたぞ！」

挨拶をしていた村長がアルの存在に気づき、視線を誘導する。

そうしてフェンリスと呼ばれた少女と、アルの視線が合わさった。

その次の瞬間、どういうわけか彼女の瞳からボロボロと涙がこぼれ始める。

「フェンリス様⁉」

「い、いかん！　何事じゃ⁉」

村の人間がパニックになる。

しかし当のフェンリスは、彼らに心配はいらないと告げ、アルの下にゆっくりと近づいてきた。

歳は十五歳くらいだろうか。

そんな風にアルが考えていると、突然彼女が膝をついて首を垂れる。

「――この日が来ることを、ずっと待ち望んでおりました」

「……お前、まさか」

「そのまさかでございます、我が主。我が主の配下にして四天王が一人、〝壊楽のゼナ〟でございます」

その潤んだ瞳を前にして、アルはこの世に生まれ落ちて初めて、言葉を失った。

「申し訳ございません、しばらく彼と二人にしていただけますか？」

フェンリス改め、アルドノアの部下であるゼナが周囲にそう声をかけると、彼女はアルと共に村長宅の応接間へと通された。

執事が部屋の外に待機している中、用意された紅茶に口をつけた彼女は、いまだ驚いた様子のアルを見て淡々と語り始める。

「……まずは転生おめでとうございます、魔王アルドノア様」

「あ、ああ……」

アルは動揺を隠しきれないまま、ひとまず手元の紅茶に口をつけた。

彼にとって、ゼナは二度と会うことはないだろうと思っていた大切な配下。

それが思いがけぬ形で再会する羽目になり、いつになく混乱しているのだ。

「驚かせてしまい大変申し訳ございません。実のところ、私たち魔王軍四天王は、貴方様の転生を追う形で同じく転生の儀を行ったのです」

「何だと？」

「〝壊楽（かいらく）のゼナ〟、〝賢楽（けんらく）のベルフェ〟、〝創楽（そうらく）のスキリア〟、〝暗楽（あんらく）のバルフォ〟。すでに四名全員、この世に転生を果たしております」

「……お前はすでに三人とは会っているのか？」

「ベルフェとは顔を合わせております。ただバルフォとスキリアに関しましては所在不明です」

「ふむ……」

暗楽のバルフォは、アルドノアにとって裏方を任せられる唯一無二の存在だった。攻めてきた人間軍に紛れ込み、内側から壊滅させたり。人間軍の補給路を断って自国まで撤退させたりと、戦場での活躍は計り知れない。ただ表に出てこないというのが、まさにバルフォらしい。

スキリアに関しては、元々掴みどころのない女だった。どこかでのんびりスローライフを送っていたとしても、誰も驚きはしない。千年という眠りの果て、アルは彼らに対して懐かしさを募らせる。

「……お前たちが俺を追って転生したということは理解した。だが何のための転生だ？　俺があの場で命を散らした以上、貴様らは俺から解放されたはずだ」

「アルドノア様を来世でもお守りするためでございます」

「……」

「アルドノア様の側に仕えることこそ我らの至高。たとえ死をもって繋がりという糸が切れようとも、再び繋ぎ合わせてみせましょう」

「そ、そうか……」

アルは今、自分の配下の忠誠心に心の底から驚いていた。

自分の体の一部のように愛情を注いできたつもりではあったが、まさかここまで慕ってもらえているとは思っていなかったのだ。

ある意味では、配下のことがよく見えていなかったとも言える。

「というか、どうやって俺の位置が分かったんだ？　こんな辺境の地にいたというのに」

「それはもちろん貴方様への愛故にでございます」

「……本当にそうか？」

「もうっ！　本当ですよ！　貴方様がこの世に生れ落ちた瞬間、本能が察したのです！　おそらく前世から繋がる主と配下の契約のおかげかと」

アルドノアと配下である彼らは、主従の契約を結んでいた。

それは肉体が変わったことで破棄されているはずだったのだが、わずかながら魂にまで沁みついていたのだろう。

「私が生まれ落ちたのが貴方様よりも少し早かったようで助かりました。そして同じ国の領土内だったことも、かなりの幸運ではありました。もし遥か遠方の国で生まれ落ちていたのなら、おそらくこうして出会えるまでにさらなる長い年月を労していたでしょう」

「うむ……」

「しかし、十五年という長い年月の間お迎えに参上できなかったことも事実。アルドノア様、どうかこの私に罰を」

「いや、そういうのはいい。どうせ欲しがっているだけだろう」

「……バレてましたか」

「お前は前世から俺に叱られるために何か問題を起こすようなところがあったからな。……それに、こうして再び出会えただけで俺はこの状況を嬉しく思っている。お前に仕置きをする理由がない」

そう言いながら、アルはどこか上機嫌な様子で再び紅茶を口に含んだ。

魔王と呼ばれながらも、アルドノアという男は決して暴虐非道ではなかった。

配下を思いやり、厳しい言葉をかける時は彼らが無茶をした時だけ。

アルドノアに褒められたいが故に、数多の配下がその背中について行ったのだ。

「――それで、お前はこれからどうするのだ？　まさかこの村で共に暮らすなどと言い出さないよな？」

「ふふっ、貴方様と共に静かな村で穏やかな日々を過ごすというのもまた悪くないと言いますか……むしろ幸せそうと言いますか……最終的に子宝に恵まれて新たなる魔王軍を作るというのも夢の一つではあるんですけども」

頰に手を当て何かを想像してくねくねと悶えるゼナを、アルはジト目で睨みつけた。

「うっ、おほん！　という私の妄想は置いておいて……アルドノア様さえ差し支えなければ、私と共に王都へ行きませんか？」

「王都？」

「エルレイン王国、その中心地でございます。私は現在王都に暮らす貴族の娘です。ゼナ・フェンリス。それが現世における私の名でございます」

「それでさっきはフェンリスと呼ばれていたのか」

「はい。そしてすでに我がフェンリス家は、私の手中に落ちております故、王都へ来た際も自由に拠点として活用いただけます」

「え……？」

アルは頭の上に疑問符を浮かべた。

貴族ということは、ある程度の金と権力を持つ上流階級の家柄ということになる。

ゼナはそれを手中に収めたと言ってのけた。

アルと同じ年齢にもかかわらず、だ。

いくら自分の家だとしても、まだ成人もしていない娘にそれができるとは思えない。

「簡単な話でございます。まず我が一族が代々経営している大規模な果樹園を、一部売り払いました。あまりにも広すぎるため、管理がまったく行き届いていない区画があったのです。そこを切り離し完璧に管理できる範囲にとどめておくことで、管理不足で傷んでしまう作物を大幅に減らすことに成功し、生産性はそのままでコストを大きく削ることができたんです」

「お、おお」

「その提案をすると同時に、父上を経営者の座から引きずり下ろしました。今では家業のほとんどが私の管理下です。なので両親は私に一切逆らえないのですよ」

ゼナは愉快そうな笑みを浮かべ、そう言い放つ。

そうだ、こういう女だったとアルは思い出した。

どこまで行っても大胆で強か。

それが魔王アルドノアの側近、壊楽のゼナである。

「アルドノア様、王都はとにかく広く、人間の数も桁違いです。あそこなら、見つかるやもしれません」

魔王アルドノアと対等に渡り合える存在が――。

ゼナのその言葉を受け、アルの眉がピクリと動いた。

「まだお探しなんですよね？　対等な人間を……そして、この世界に生を受けた理由を」

「……ああ」

一つ頷いたアルは、その場で立ち上がる。

対するゼナは席を立って彼の前で膝をつくと、先ほどと同じように首を垂れた。

「ゼナ、俺を王都へと連れていけ。そして再び俺と共に生きるがいい」

「はっ！」

アルはゼナを引き連れ、応接間から外に出る。

そのまま真っ直ぐ向かったのは、アルの家だった。

「まずは両親に王都へ行く旨を報告だ。そして当分食えなくなるであろう母のハンバーグを大量に作ってもらえるようお願いする」

「はいっ！　――え？」

第二話：魔王、慕われる

揺れる馬車の荷台の窓から、アルは外を見た。

軽快に流れていくく景色はすでに彼が見ていた物とは異なり、村からずいぶんと離れたことを証明している。

「申し訳ありません、アルドノア様。もう少し速い馬車があればよかったのですが、探した中ではこれが限界でして……」

「構わん。むしろお前は同じだけの時間をかけてあの村まで来たのだろう？　苦労をかけてすまなかったな」

「勿体なきお言葉……！」

ペコペコと頭を下げるゼナを、アルは呆れた顔で見ていた。

村を出発してから、すでに丸一日。

ここからさらに王都まで、二日ほどかかると聞いている。

この馬車を引く馬自体が魔道具と呼ばれる魔法の道具で強化されているとは言え、それでもそのくらいの時間がかかってしまうのだ。

アルの村が一体どれほど辺境だったのか、嫌でも思い知らされる。

「……というか、もう俺のことをアルドノアと呼ぶのはよせ。千年後の世界でも俺の名を知る者がいるかもしれないし、今の俺は生んでくれた母と父からアルという名をもらっている。できればこっちの名前で呼んでくれ」

「かしこまりました。では今後はアル様と」

「ううむ……まあいいだろう」

アルとしては様付けもやめてほしいところだったのだが、ずっと自分に忠誠を誓い続けていたゼナにそれを要求するのはあまりにも酷だった。

貴族が平民を様付けで呼ぶ。

それがどれだけ歪(いびつ)なのかは、世間知らずなアルでも理解はしていた。

どこかで様付けを直させると決め、彼は再び窓の外へと視線を戻す。

「……ゼナ、お前の視点から見て、人間は強くなったか？」

「王都で暮らす中で、複数の強い気配は感じ取っています。ただ、まだ一概には言い切れません」

「そうか」

「アル様、もしも貴方様と対等に渡り合える者がこの時代にも存在しなかった時……本当にこの世界を滅ぼすおつもりですか？」

「……」

その問いかけを受けても、アルの視線は窓の外から動かなかった。

ゼナは決してこの世界のことを心配して問いかけているわけではない。

彼女はあくまでもアルの配下。

主の決定にはただ従うと心に決めている。

故にこの問いかけに、彼女の私情は入っていない。

アルがどういうつもりでいるのか、配下としてその考えを知っておかなければならないだけである。

「……さあ、どうだろうな」

「決めかねているのですか？」

「正直なところ、勇者どもが本気になってくれればそれでよかったという部分はある。だから俺の本命は、自分がこの世に何故生まれてきたのかを知ることだ」

アルからすれば、混乱することだらけだった。

突然この世に生まれ、異形の者たちが配下となり、自分を慕ってくる。

世界自体からは歓迎されておらず、日夜自分を殺すために多くの刺客（しかく）が送られてきた。

自分を守るため、配下を守るため、魔王アルドノアはそんな連中を蹴散らし続けたのである。

そうしているうちに、いつの間にか彼は戦う（生きる）目的を見失っていた。

元々曖昧（あいまい）な存在だったことに加え、長い年月が彼の頭を鈍らせたのである。

「……それはそれとして、奴らが俺との約束を果たしたのかどうかは気になっているがな」

「でしたら、それを確かめるために一つ面白い方法があります」

「？」

「エルレイン王立勇者学園に入学してみませんか？」

「……勇者学園だと？」

「はい。調べたところ、勇者レイドが新たなる勇者を育成するために仲間と共に作り出した学び舎のようです。入学のための入試を受ける条件は、十五歳であること。

ちょうど現在のアル様と私の年齢です」

アル自身、学園と呼ばれる同世代の子供たちが様々な教育を受ける機関があることは知っていた。

しかし自分がまさかそこに通う可能性が出てくるとは、夢にも思っていなかったのである。

「そこに入学することが、勇者たちが約束を守ったかどうかの確認になるのか？」

「エルレイン王立勇者学園は、毎年十人しか選ばれない〝勇者〟の称号を持つに相応しい人間を生み出すための機関です。それ以外でも国王直属の宮廷魔術師や、厳しい採用基準にて統率が取れているエルレイン王国騎士団への入団など、入学するだけで様々な道が開ける夢のような学園です。つまるところ――」

「強者が集まる、ということか」

「さすがでございます、アル様。もちろん育成機関なので、まだ未熟な者ばかりでしょう。しかしその水準や教育内容を直接体感することができれば、この世が将来どうなっていくのかも大方予想できるはず……」

ゼナはとびっきりの笑みを浮かべると、右手の親指を自分の首に突きつけ、そのまま切断するジェスチャーを取った。

「もしそこで期待外れだと分かったら、まとめてすべて滅ぼしてしまいましょう♪」

「おい……」

「さすがに冗談でございます。ご心配なさらず」

お前の場合はそれが分かりにくいのだと言おうとしたアルだったが、どうせ無駄だろうと思い、口を噤んだ。

「しかしながら全体的に悪い案ではないと思うのですが、いかがでしょうか？」

「……そうだな、あの村は大人ばかりだったし、若い人間たちと戯れてみるのも悪くないかもしれない」

「ふふっ、かしこまりました。では諸々の手続きは我が家の方で進めさせていただきます。入学した際は、せっかくですし女学生ハーレムでも作りますか？　私を本妻にしていただけるのであれば、側室はいくら作っていただいても問題ありませんよ」

「そんなものに興味はないのだが……」

「いけません！　それでは魔王軍再興計画が――」

「軍などもういらん。貴様らさえいればそれでいい」

アルがそう告げた途端、ゼナは一瞬きょとんとした表情を浮かべた。

そして彼が何を言ったのかを理解した後、その瞳から涙を溢れさせる。

「～～～っ！　アル様ぁぁぁぁぁ！　私は今幸せでございます……！」

「大袈裟(おおげさ)だな、相変わらず」

自分の足に縋りついて泣き喚くゼナの頭を、アルは優しく撫でる。

前世でも、アルドノアが褒める度にゼナは歓喜の涙を流しながら彼に縋りつくことが多々あった。

何とも懐かしい気持ちになったアルは、自分がどこか安心感を覚えていることに気づく。

何だかんだ言って、慣れない人間たちに囲まれた環境というのは知らず知らずの内にアルの心に少しずつストレスを与えていたのだ。

ここに来て同胞と再会できたことで、彼の心はゆっくりと解(ほぐ)され始めたのである。

「ふう……申し訳ありません、取り乱しました」

「問題ない。いつものことだ」

「左様(さよう)ですか……」

座席に座り直したゼナは、乱れた服装を整える。

「入試に必要な資金諸々に関しましては、私のフェンリス家が負担いたします。こういう日のためにずっと準備をしてきたのです」

「すまんな、何から何まで」

「いえ、むしろまだ尽くし足りないです。千年と十五年間、ずっとこうして貴方様にお仕えできる日を待ちわびていたのですから」

配下のその献身的な姿勢に、アルの胸は温かくなる。

故にこの時、まさかゼナがこの後に控えている自分との一つ屋根の下での生活を想像して興奮しているだなんて、夢にも思っていなかった。

お互い魂で通じ合っているとは言え、さすがに考えていることまでは分からない。

「……うーん、そろそろお昼時でしょうか。アル様、お腹の具合はいかがですか？」

「減ってはきているな。朝飯からもうだいぶ経っているし」

「そうですよね。一旦休憩にして――」

その時、ゼナの言葉を遮るような轟音(ごうおん)が響き渡った。

馬車が揺れ、馬の嘶(いなな)きが聞こえてくる。

「っ！　何事ですか！」

「ぜ、ゼナ様！　表に出てはいけません！」

ゼナと執事のやり取りを聞きながら、アルは荷台から飛び降りる。

何か危険があるからこそ執事は中にいるよう忠告してきたと思われるが、アルからすればそんなことは関係ない。

彼にとって危険なことなど、この世には一つたりとて存在しないのだ。

「なるほど、こいつか」

「オォォォォォォオオオオオ！」

馬車の外で暴れ狂っていたのは、四メートルを超える赤黒い肌の巨漢。

頭には立派な一本角、そして大木をそのまま引き抜いたであろう太い棍棒が握られていた。

オーガ。

そう呼ばれる魔物である。

（ふむ、やはり俺の支配はもう及ぶことはないようだな）

先ほどから、アルは荒れ狂うオーガに向けて脳波で命令を出していた。

しかしそれが届いている様子はない。

魔物の王であった彼には、言語を喋れぬ者たちの意思すら汲み取る能力があった。

長い年月で大きく生態系の変わった現代の魔物たちには、まったく通じなくなってしまっているようだが――。

(子孫を残していく過程で、血脈に刻まれた俺の支配力が薄れてしまったせいか……千年間生き続けた魔物と出会えれば、まだまともに話せるかもしれないが)

「アル様、ここは私にお任せを」

「ゼナ?」

「貴方様の進行を妨げる不遜な輩には、この忠実なる下僕である私が片付けて――」

「おい、そういうのはいい。ここは一度俺に任せろ」

「え? は、はい……貴方様がそうおっしゃるのであれば……」

アルはゼナを下がらせ、オーガへと歩み寄る。

「何故そう荒ぶっているのか理解できないが、そこを通してくれ。貴様も痛い目は見たくないだろう」

「オォォォォォ!」

「まあ言っても通じないのは当たり前か……」

大方、最近この辺りに流れ着いた流浪の魔物だろうとアルは予想した。

村周辺にいた魔物たちよりかは圧倒的に強い。

しかしこの魔物が前に滞在していた場所の方がよほど危険だったはず。

オーガは基本的に縄張り意識が強い。

故に自分よりも上位の存在に食料を牛耳られでもしない限りは、元の住処を離れる理由がないのだ。

つまりこのオーガは、食料に困って住処を追われた負け犬である。

「久しぶりに腹がいっぱいになって、暴れたくなったか。オーガは気性がとにかく荒いからな」

よく見れば、オーガの口元には赤黒い何かが付着していた。

肌が赤いが故に気づきにくかったそれは、奴が食事をした証拠。

魔物の肉を貪り食った、その痕であった。

つまり奴がここで暴れている理由は、腹ごなしということになる。

（ある意味ちょうどよかったと言えるか……）

アルは歩みを止めぬまま、体を解し始める。

十五年間、彼は一度たりとも戦闘というものを行わなかった。

故に今自分がどれだけ戦えるのかも分からない。

王都にたどり着いてしまう前に、それを確かめる必要があった。

「悪いが、実験台になってもらう」

「オォォォォォォォオオオオ！」

オーガは棍棒を振り上げ、アルに向けて振り下ろす。

普通の人間であれば、そのまま下敷きになって肉片を散らすであろう威力。

そんな極太の丸太による一撃を、アルは片手で受け止めた。

「オォ……オ？」

「疑問を抱く程度の知性はあるんだな。なら、驚くこともできるだろう」

アルは受け止めた棍棒に力を込める。

するとその握力だけで、棍棒から木材が割れる音が響き渡った。

「ふん」

そしてアルは、そのまま棍棒をオーガから奪い取った。

手から武器を失ったオーガは、自分の手とアルに奪われた棍棒を見比べる。

その様子は、明らかに驚愕の色を示していた。

「腕力と握力は少し違和感があるな……足はどうだろうか」

棍棒を適当に放り投げた後、アルはその場で数度跳躍(ちょうやく)する。

何度かそれで具合を確かめた後、最後は深く沈み込んでから跳び上がった。

「ふむ、こっちは毎日木に登っていたおかげで衰えてはいないか」

オーガは突然目の前から敵が消えたことで混乱し、周囲をきょろきょろと見渡していた。

アルが自分よりも高い位置にいるだなんて、夢にも思っていない。

空中で体を捻ったアルは、オーガの頭に生えた角を見定め全身を引き絞る。

「ふっ！」

そして捻(ひね)った体をフルに躍動させ、そのオーガの角に蹴りを叩き込んだ。

アルのその強烈な蹴りに、角は耐えられない。

豪快な音と共に、オーガの角は根元から呆気なく砕け折れてしまった。

「オォォォォォォオオオオッ」

「オーガにとって角は尊厳の象徴だろう。よその縄張りを脅(おびや)かした罰だ。この先一生謙虚に生きるがいい」

額を押さえ、オーガは地面に蹲(うずくま)る。

完全に戦意を喪失したのを確認して、アルはゼナの下へと戻った。

「さすがでございます、アル様」

「いい運動になった。さすがに全盛期の頃よりは鈍っているな」

「戦闘の回数が増えれば、おのずとその違和感も解消されていくことでしょう。私がそうでしたので」

「そうか……まあ焦る必要もないだろうし、気長に取り戻すことにしよう」

「はいっ」

呆然としていた執事をよそに、アルとゼナは荷台の中へと戻る。

「セバス、障害はアル様が取り除いてくださったので、馬車を出してください。ちゃんと予定通り到着させるのですよ」

「は……はひ……」

馬車の壁に背中を預けながら、アルはセバスと呼ばれた執事を大変気の毒に思った。

こうしてよく分からないままゼナに振り回されてきたのだろう。

彼女の強引さや有無（うむ）を言わさぬ部分は、魅力でありつつ短所でもあった。

アルとしてはもう慣れたものだが、他の者からしたら中々（なかなか）理不尽な話である。

オーガとの戦闘があってから、さらに二日が経過した。

合計三日間の長旅の末、アルとゼナを乗せた馬車は王都へと到着を果たす。

「おお……！」

馬車の外に流れる景色が、森から草原へ、そして入国してからは、レンガ造りの街並みへと変わった。

そこを行き交う多くの人間たち。

小さな村で生まれ育ったアルからすれば、それだけでも未知の世界だった。

「ゼナ、あれは何だ？」

「ふふっ、あれは露店ですね。串焼きや果物、中には雑貨などを売っているお店もあります」

「表で商売をしているのか、面白いな」

アルは目を輝かせながら、王都の街並みを眺めていた。

人間の文化をまったく知らなかった彼にとってはどれもこれも興味の対象でしかない。

そしてそんな彼の横顔を、ゼナは愛おしそうな目で見ていた。

ただよく見るとその口の端からは涎が垂れており、目の中にはもはやハート柄が浮かび上がっている。

しかしアルが視線に気づいて顔を向ければ、ゼナは一瞬にして取り繕い、清純な淑女へと早変わりした。

魔王ですら見切れない早業である。

「生活必需品につきましては、すでに我が家の使用人に用意させてあります。このまま屋敷へ直行することも可能ですが、お望みとあらば街を少し案内していくこともできますよ」

「それは魅力的だが、また後にしよう。俺たちはともかく、セバスとやらが可哀想だ」

「……そうですね。お気遣いありがとうございます」

人の体ではあるものの、備わった魂のおかげでアルとゼナの体は間違いなく常軌を逸している。

彼らに人間の理屈はほとんど通じない。

故に三日間の旅も、まったく堪えていなかった。

しかし外で馬車を操るセバスの顔には、はっきりと疲労の色がある。

いくらゼナの使用人とは言え、アルはセバスに対しここまで連れてきてくれた恩を感じていた。

ここで気遣いを見せるのは、ある意味当然である。

「では今日のところは屋敷へ直行いたしましょう。しっかりと食事を取って、我が家の浴室で旅の疲れを洗い流すのがよろしいかと」

「そこは言葉に甘えるとしよう。疲れはともかく、体は清潔にしておきたいからな」

「かしこまりました。到着次第すぐに用意させますね」

二人を乗せた馬車は、揺れながら街の中をゆっくりと進む。

そして商店街を抜け、やがて豪邸が並んだ閑静な住宅街へとたどり着いた。

「ん……ついたようですね」

馬車が停止し、二人は荷台から下りる。

アルの眼前に広がっていたのは、村にいた時に住んでいた家とは比べ物にならないほどの巨大な屋敷だった。

庭だけで、下手をすれば村の領地と同じだけの広さがあるかもしれない。

驚きを隠せないアルであったが、彼は一つ忘れていることがある。

前世、魔王アルドノアとして生きていた時は、この屋敷よりもさらに比べ物にならないほど巨大な城に住んでいたのだ。

本来の彼であれば、この屋敷ですら小さく感じていたことだろう。

「セバス、運転お疲れさまでした。馬車を片したら数日はゆっくり休みなさい」

ゼナがそう声をかければ、セバスは一つ会釈をして馬車を連れて行く。

彼女と共にそれを見送ったアルは、村から持ってきたなけなしの荷物を肩に背負った後、周囲を見渡した。

「なるほど、ここは世界一安全な場所だな」

「ふふっ、お気づきになられましたか」

「当然だ。これほどまでに重ねがけされた魔法結界に気づかないわけがない」

「さすがでございます。これでもだいぶカモフラージュをかけていたのですが……」

「まあ、お前たち四天王クラスでなければ気づくことはないだろう。巧妙に作られたいい結界だ」

魔法結界とは、囲った領域に特別な効果を施す高等魔法である。

例えば結界内に暴力禁止という制約を課せば、内側にいる者は決して他人に暴力を振るうことはできない。

結界の主の支配力――つまるところ魔力がない者の結界はその分強制力が弱いという仕様もあるが、誘い込むことさえできれば基本相手を圧倒することができる。故に高等魔法と呼ばれ、その魔法を屋敷全体を囲うように展開している彼女は、間違いなく理から外れた者だった。

「効果は？」

「私が許可した者以外の戦闘行為を禁じています。それと結界の存在が認知できなくなる結界を挟んで、感知用の結界を重ねがけしております」

感知用というのは、この領域内に彼女が通行を許可していない者が入った場合、その侵入をすぐさま術者であるゼナに知らせる効果のことを指す。

中に入ろうとすれば居場所がばれ、戦おうと思えば結界内のルールによって動きを封じられる。

ゼナより圧倒的に格上な存在がアル以外に存在しない以上、この結界が破られることは決してない。

ここが世界一安全な場所というのは、そのままの意味だった。

「それではアル様、どうぞ屋敷の中へ」

「ああ」

ゼナに案内されるがまま、アルは屋敷の中へと招かれる。

両開きの扉を抜け玄関ホールに入った瞬間、ホール内に並んでいた執事とメイドたちが、一斉に頭を下げた。

「「「おかえりなさいませ、お嬢様」」」

「はい、ただいま帰りましたよ。こちらの方は私の大事な大事なお客様です。すぐにもてなしの用意を」

「「「かしこまりました、お嬢様」」」

統率の取れた使用人たちは、ゼナの指示に従う形で屋敷の中に散っていく。

そのよく行き届いた教育の証を見て、アルは感心したように声を漏らした。

「素晴らしいな。すべてゼナが仕込んだのか？」

「はいっ。私はアル様の身の周りの世話を担当してましたので、そのノウハウを一人雇う度に徹底的に叩き込みました。あ、もちろん乱暴な真似はしてませんよ？」

「そんな心配はしていない。お前が優しいことは俺が一番よく知っている」

「はうっ……！　アル様、私を必要以上に喜ばせるのはお止めくださいませ！　目の前で配下が溶けて消えてもいいのですか⁉」

「すまない、お前が溶けて消えることができる存在だということは知らなかった」

「比喩ですよ！　比喩！　それくらい嬉しいということです！」

「ああ、なるほど」

他愛のない会話をしながら、アルはゼナによって客間の方へと案内された。

客間と言いながらも、そこには値の張りそうなインテリアが並び、ベッドには高級な布を素材とした天蓋が備え付けられている。

「ここはアル様をお招きするために準備した特別なお部屋です。なんとこの空間には感知結界と戦闘抑制結界、さらには防音結界と衝撃結界が重ねがけされています！　たとえAランクの範囲攻撃魔法が直撃したとて！　この部屋が破壊されることは決してありません！　さらにさらに極めつけなのは、動体感知結界！　これによって部屋の中でのアル様の行動はすべて私の方で把握することが――」

「今すぐすべてを解除しろ。うざったくて眠れない」

「い、いたたたた！　頭が！　頭が潰れてしまいます！」

ゼナの頭を鷲掴みにしたアルは、そのままじわじわと力を込める。

いくらアルが配下に甘いと言っても、こればかりはゼナの方がやり過ぎだった。

部屋の中から結界の気配が消えたことで、ようやくアルは彼女の頭から手を離す。

「ううっ……アル様の寝返りすらも私の方で感知できるはずだったのに……」

「そんなのたまったもんじゃない。今後結界を貼る時は、どういう内容なのかを俺に伝えてから貼れ。分かったな」

「はい……」

そんな風に二人がじゃれ合っていると、客間のドアが外からノックされる。

これ幸いと扉に駆け寄ったゼナは、呆れた表情を浮かべるアルを尻目にドアを開けた。

「失礼いたします、ゼナお嬢様、アル様。お食事がご用意できました。客間の方に運んでくることも可能でございますが、いかがいたしましょう」

「あ、そうですね……一応食堂もあるのですが」

使用人からの提案を受け、ゼナは意向を確認すべくアルの方へと視線を送った。

「……わざわざここまで運んでもらうのも申し訳ない。食堂があるのなら、そこで済まそう」

「アル様がそう言ってくださるのであれば、そうしましょう。食事は食堂の方に用意してください」

ゼナの指示を受け、使用人は会釈(えしゃく)してから客間を去っていく。

そして客間の中に荷物を降ろした後、二人も食堂の方へと向かった。

「貴方様がゼナの言っていた〝アル様〟ですね。私はゼナの父、アルバ・フェンリスでございます」

「同じくゼナの母、フレデリカ・フェンリスです」

食堂に入った途端、アルに向けて二人の大人が頭を下げてきた。

身なりのいい彼らの外見には、ゼナの面影がある。

二人が彼女の両親であることは間違いない。

間違いないのだが――そんなことより、アルとしては気になるところが多すぎた。

「確かに俺がアルだが……ゼナ、どうして二人は俺に頭を下げているんだ？」

「私がそうしろと伝えておいたからです。アル様は私たちフェンリス家など足元にも及ばない高貴なお方なので、常に様付けで言うことにはすべて従うようにと」

「……後で撤回しておいてくれ」

「ええ!?」

食堂に集まった四人は、十人以上は座れるであろう長テーブルの中央辺りに座り、食事を取り始めた。

料理に使われているのは、どれもこれも辺境の村では食べられない高級食材ばかり。

コース料理の要領で出てくるその料理たちを口に運ぶたび、アルは分かりやすく目を輝かせた。

「ふふっ、お気に召していただけたようで何よりです」

「ああ、これは美味いな。食事を楽しめるようになって本当によかったと思う」

「そうですね。アル様は特にそう思うことでしょう」

魔王アルドノアには、一部の感覚が存在しなかった。

味覚、痛覚。戦闘に必要ない、または邪魔になる物は、徹底的に取り除かれていたのである。

無論、それをアルドノア自身が望んだわけではない。

生まれた時からそうなのだ。

まるで世界を滅ぼすためだけに生まれてきた、ただの〝災厄〟であるかのように。

「感情豊かなアル様を見ることができて、私も至福の時を過ごさせていただいています」

「……そんなに表に出ているか？」

「はいっ、とっても分かりやすいです」

「むぅ……」

どこか恥ずかしげに、アルはフォークで刺したステーキを口に運ぶ。

このステーキもこれまた美味い。

初めは取り繕おうとしたアルだったが、結局肉の旨味に敗北し、再び目を輝かせ始める。

「明日街を案内させていただくので、その時は商店街の美味しい物を食べに行きましょう。一流シェフとはまた違った魅力がありますよ」

「そう聞くと期待してしまうな。ぜひ連れて行ってくれ」

「はいっ、喜んで」

平穏な食事の時間は、ゆったりと流れていく。

そうして出てきた料理のすべてをぺろりと平らげたアルは、しばしの休憩の後浴室の方へと案内された。

出迎えの時に集まっていた使用人たちが全員まとめて着替えたとしても余裕があるであろう脱衣所を抜け、アルは浴室へとたどり着く。

「広いな……」

浴室にはいくつもの洗い場と、絶えず新しいお湯が補充され続ける広い浴槽があった。

底が浅いとは言え、十分に泳ぐことも可能だろう。

無論アルはそういうはしゃぎ方をしない性格ではあるが——。

（そう言えば、湯船に浸かるのは初めてか）

洗い場にて石鹸を泡立てながら、アルは浴槽を横目で眺める。

村では体を洗う習慣はあっても、湯船に浸かるという習慣はほとんど存在しなかった。

やろうと思えばできたが、一々湯を沸かすなどの行為を面倒臭がる者が多かったのである。

その点ここの湯は火の魔法が込められた魔道具によって温められており、魔力さえ一定間隔で補充しておけば半永久的に湯を温め続けることができるようだ。

アルからすれば、何とも便利な話である。

「アル様、お背中を流させていただきますね」

「ああ、助かる——ん？」

何気なく聞こえてきた声に、思わずアルは返事をしてしまう。

しかしすぐに何かがおかしいことに気づいた彼は、勢いよく後ろに振り返った。

「きゃっ！　急に振り返らないでください！」

そこにいたのは、タオルで局部を隠してはいるものの、ほぼほぼ全裸と言っていいゼナである。

彼女はいつの間にか泡立てたスポンジを持っており、さりげなくアルの背中を洗おうとしていたようだ。

「私とて羞恥心(しゅうちしん)というものがありまして……」

「羞恥心があるのならまず男がいることが分かっている風呂場なんぞに入ってくる方がおかしいのではないか？　ゼナよ」

「主の背中を流すのは私の役目です。それを疎(おろそ)かにするわけにはいきませんっ」

「……」

「ほら、前を向いててください！」

「はぁ……」

ため息をつき、アルは再び前を向く。

ここで無理やり追い返して拗ねられても面倒だった。

背中を流す程度であれば、大した行為でもないだろう。

「では、失礼いたしますね？　うんしょ……っと」

「ん……？」

背中に当たる、柔肌の感触。

ゼナは何故かアルの体に腕を回しており、ぎゅっとその体を密着させていた。

「おい、何をしている」

「何って……女体洗いですっ！　殿方を癒すためには必要な行為です！」

「……」

上手いこと体を動かし、アルの背中を洗っていくゼナ。

動けば動くたびに彼女の豊かな胸が躍動し、アルに奇妙な感覚を抱かせる。

(何だか猛烈にまずい気がする……)

魔王アルドノアの時にはなかった感覚。

しかしそれは、一般的な人間の男性であれば当然の反応であった。

つまるところ、〝興奮〟という反応である。

「……ご立派ですね」

「何がだ⁉」

「え？　何がって……背中が、ですよ？　前世の方がもちろん屈強ではありましたが、私の体も人間になったためか、比率としては同じように感じられたのです」

「ああ……そうか」

「何かと勘違いなされたのですか？　あまり指摘することはありませんでしたが、案外お茶目なところもありますよね、アル様」

　後ろでクスクスと楽しげに笑うゼナ。

　対するアルは、今までにない自分の失態に頭を抱えることしかできなかった。

「背中はこのくらいでいいでしょう。前面も洗いましょうか？」

「いやっ、いい。もう自分で洗える」

「あら、それは残念です……では私も自分の体を洗うとしましょう」

　隣に並んで体と髪を洗った二人は、そのまま湯船の方へと向かう。

　アルは肩まで湯に沈み込むと、その温かさに思わずほうっと息を吐いた。

「湯船も悪くないでしょう？」

「ああ、これは気持ちがいい……」

「これからは毎日入ることができますよ。これを経て寝床に入れば、その日の疲れなんてすべて吹き飛びます」

「それは間違いないな」

魔王アルドノアとして、これほどまで全身から力を抜いた時があっただろうか。

アルは自分の記憶に問いかける。

転生の際、彼にあった心残りと言えば、自分を慕う配下たちを置いていってしまったこと。

しかし、その中にいたゼナは知っている。

皆、自分たちを大事に、そして愛してくれたアルドノアに恩返しがしたかった。

だからこそ、誰も彼の転生を止めなかったのである。

「……貴方様の配下は、貴方様の転生後、皆が皆各々(おのおの)の道へと向かっていきました」

「……」

「知性を持たない種族は己の種を絶やさぬために動き出し、魔物から魔族へ進化し知性を得た我々のような種族は、何とか貴方様の後を追えないか研究の日々を送ることになりました。そうして我々も何とか転生の儀を習得することができたのですが……正しくそれを執り行うためには、魔力が足りなかったのでしょう。ほとんどの配下は、ヘル・レイズを発動させることができなかったのです」

「まあ……そうだろうな。千年の時を超えるとなると、四天王と呼ばれたお前たちのレベルでなければ火を灯すことすらできないはずだ」

「ええ。その後私たち四天王は転生の儀に成功し、こうして千年後の世界に来ることができましたが……もしかすると、あれからまた成功者が出てこの時代に転生しているかもしれないということをお伝えしておきたくて」

アルは深く息を吐く。

人間としてこの世に生を受けてからの十五年間。

彼は惜しみない両親からの愛情を受けて育った。

そして愛情を受けた者は、恩義を抱くということを知った。

今アルは、ゼナから、そして数多の配下だった者たちからの愛情を感じている。

「もしそういう者が貴方様の下に現れた際は、私のことも含め、お側に寄り添うことをお許しいただけますか？」

「……彼らがそれを望んでいるのなら、俺もそれを受け入れよう。受けた恩は、返さねばならないからな」

目を閉じてどこか嬉しそうにそう告げるアルを見て、ゼナも微笑みを浮かべた。

そして――。

「……何をしている？」

「お側に寄り添うことをお許しいただけたので」

「うっ……」

「ふふっ、お慕いしておりますよ。アル様」

湯船の中、ぴったりと体を寄せてアルの肩に頭を置いたゼナは、悪戯（いたずら）っぽくそう告げた。

アルは再びため息を吐いた後、浴槽の壁に背中を預ける。

自分で言い出した手前ここで彼女を突き放すことは、アルにはできなかった。

第三話：魔王、脅す

「ん……」

カーテンから差し込む光を受け、アルは目を覚ます。

彼は自分に抱き着いたまま寝ていたゼナを無理やり押し退け、体を起こした。

この屋敷で暮らすようになってから、早一週間。

すでに新しい生活にも慣れてきた彼の朝の行動は、概(おおむ)ね決まっていた。

まず起きてすぐにカーテンを開けて外を見る。

よく手入れが行き届いた庭には緑が溢れ、寝ぼけた頭をすっきりさせてくれる。

そしてその後、何故か自室があるはずなのにこの部屋のベッドで寝ている家主を、力ずくで叩き起こすのだ。

「っ！　殺気⁉」

「俺だ」

「ああ、なんだ……アル様でしたか」

「なんだで済ますな。どうして毎朝俺のベッドに潜り込んでくる」

「そんなのアル様と一緒に寝たいからに決まってますっ」

「……なら最初からそういう部屋を用意しておけ。別に同じベッドで寝ることに関しては構わないから」

「え、構わないんですか？」

「……いや、やっぱりなしだな。お前は寝ている間変なところをまさぐってくるから」

「あー！　駄目です！　今更なしとか駄目です！　もっと大きいベッドを買いますから！　それでちゃんと一緒に寝ましょう⁉」

「はぁ……」

ゼナは素晴らしい美貌の持ち主だ。

街を歩けば十人が十人振り返ることだろう。

しかし、それは真面目な皮を被っている時だけの話。

ひとたびアルの前に立つと、その皮は呆気なく剝がれてしまう。

そしてその皮の下には、だらしなくデレデレした顔が覗くのだ。

巷で言う、残念な美人というやつだろう。

「おい、今日は願書とやらを出しに行くのだろう？」

「あ、そうでした。早めに出しておかないと……今日を逃したら大変です」

「逃したらどうなるんだ？」

「願書提出が明日になります」

「そこに問題があるようには聞こえないが……」

「学園側から推薦枠をもらっている人間は、今日中に提出しなければならないのですよ。明日になってしまったら、もう一般入試しか受けられません」

「推薦？」

「要は、ぜひ勇者学園に入学してほしい！　と学園運営側が判断した子供に対して配られる、入試を受けずに入学ができる権利のことです。主に有名な貴族の血縁に配られます」

「なるほど、才能があるからか」

「いいえ、残念ながらそれは違います。推薦枠の基準は、どれだけ学園に金銭を納められるか――その一点だけです」

「……」

おかしな話だ、とアルは思った。

確かに金は力だろう。

財産が大きければ大きいほど色んなところに手が届く。

決して自分ではできないことも、誰かを雇うことで達成できるようになる。

しかし次世代の勇者を育成することが目的の学園で、金が何になるというのだろうか。

己の力で苦難を斬り裂く――。

それがアルの知っている勇者の姿だった。

「確かめなければならないとは……そういうことか」

「はい。勇者学園が育て上げる次世代の勇者が一体どれほどの存在なのか……もっとも近い場所で確かめるのです」

「……ああ、そうだな」

「そのためにも、やはりまずは願書を出しに行かなければなりませんね」

「そう言えば聞こうと思っていたのだが……お前の分の推薦枠はともかくとして、俺の分まで用意できたのか？」

「はいっ！　学園内に我らの協力者がいますからね」

「協力者……？」

「それも行けば分かりますっ」

茶目っ気のある顔で、ゼナはそう告げるのであった。

エルレイン王立勇者学園。

その敷地の面積はエルレイン王国内でもっと大きく、他の学園の追随を許さない。

そんな広大な敷地を、選び抜かれた才能の原石たちが独占している。

全校生徒、約千人。

ひと学年三百人から四百人で構成されており、生徒のレベルによって振り分けられたクラスにてそれぞれに合わせた授業が行われている。

「勇者学園は狭き門と言われており、毎年一般入試では八百人ほどが受けに来るそうです」

「そのうち何人が受かるんだ？」

「まずひと学年の人数は三百人ほど。そして毎年の推薦枠は百人。つまり一般入試で合格できる人数は二百人ほどという計算になります」

「毎年四分の三は落ちるのか」

「その通りです。確率としては勝算がかなり薄いですよね。だから貴族は皆お金を積んで、推薦枠の確保に走るのです。勇者学園を卒業したという名誉を、自分の子供に与えるために」

セバスの運転する馬車から下りた二人は、現在学園の広大な敷地の中を歩いていた。

彼らの周りには、同じく推薦願書を出しに来たであろう少年少女と、その親族が歩いている。

皆向かう先は同じだった。

「提出場所はあそこですね」

ゼナが巨大な校舎の入口を指差す。

そこには簡易的な受付ができていた。

アルたちの前を歩いていた者は受付に規定の書類を提出した後、校舎の中へと入って行く。

「願書を提出したら、魔力量検査があります。それによって配属クラスが決まるようです」

「配属クラス？」

「この学園にはAクラスからFクラスまであって、Aクラスがもっとも優秀な生徒が集まる場所、そしてFクラスがもっともできない者が集まる場所とされています。そうすることで、自分のレベルに合った授業が受けられるそうですよ」

「なるほどな」

「まあアル様ならばAクラスは間違いないと思われますけどね。魔力量で貴方様を上回れる存在はいませんから」

四天王たちですら苦戦した転生の儀を、前準備なしで行えてしまうのが魔王アルドノアの実力。

当然ゼナよりも魔力量は多く、そもそも彼は一度たりとも〝魔力切れ〟というものを起こしたことがないくらいには底なしだった。

「ではこれを持って、共に受付に向かいましょう」

ゼナはアルに一枚の書類を渡す。

そこにはアルの名前と共に、推薦に関わる文章が事細かに記されていた。

「ようこそ、エルレイン王立勇者学園へ。推薦状はお持ちですか？」

「はい……あ、ここはアル様からどうぞ。下僕が先頭を行くことはできませんから」

ゼナに先を譲られたアルは、今さっき渡された自分の推薦状を受付の女性へと渡そうとする。

しかし彼女がそれを受け取る直前、その推薦状は突然横から何者かに奪い取られた。

「おい……こいつはどういうことだ？」

アルの隣に立っていた背の高い赤髪の男は、彼の推薦状に目を通してそう呟いた。

「お前、〝家名〟が書いてねぇじゃねぇか。いつからこの学園は平民に推薦枠を用意するようになったんだ？　おかしいよなぁ⁉」

「エヴァンス・レッドホーク……」

「おお、これはこれは、ゼナ・フェンリスじゃねぇか。オレ様の嫁になる決心はついたか？」

「馬鹿を言わないでください。虫唾(むしず)が走りますわ」

「おほ～、相変わらず連れねぇな」

偉そうにけらけらと笑う赤髪の男を見て、ゼナは険しい表情を浮かべた。

心の底からこの男が嫌いなのだと、一目で分かる。

「貴様が誰かは知らないが、その推薦状を返してくれないか？」

「平民が偉そうに命令すんじゃねぇよ。大体こいつをどうやって手に入れたんだァ？　こいつは限られた奴だけに手に入る夢のチケットだ。テメェみたいな平民が持っていいもんじゃねぇんだよ」

「……おい、何なんだこいつは」

突如として現れた己の理解の範疇（はんちゅう）を上回る存在を前にして、アルはゼナに助けを求めた。

「エヴァンス・レッドホーク。この国の四大貴族、レッドホーク家の長男です」

「おっ、紹介どーも」

「エヴァンス、今すぐ奪った物を返しなさい。それは正式なこの方の推薦状です。事情はどうあれ、それは間違いなく有効な推薦状なんです。貴方が勝手に奪う権利はありませんよ」

「テメェこそ馬鹿を言うな。推薦枠に平民がいるなんて世に知られてみろ。俺たちがこれから入学する勇者学園の品位が疑われるだろうが。平民共は大人しく一般入試を受けときゃいいんだよ」

ブツリと、ゼナから何かが切れる音がした。

彼女の体から殺気が滲みだし、エヴァンスの首を刎ねるために動き出す。

しかしそれを、アルが彼女の前に立つ形で防いだ。

「あ、アル様⁉」

「やめておけ、ゼナ。お前の手が汚れる」

「ですが！　この男をもう許してはおけませんっ」

「俺の言うことを聞け。今すぐその手を降ろすんだ」

「っ……」

アルの命令に逆らうことはできない。

ゼナは首を刎ね飛ばそうとしていた手を降ろし、悔しげに顔を伏せた。

「何だテメェら。変にこそこそしやがって」

「……今の動きにすら気づけないレベルなのか」

「あ？　動きが何だって？」

「いや、何でもない。ともかく、それを返してくれ。勇者学園に入学するためには、その推薦状が必要なんだ」

「テメェもしつけぇ野郎だな。平民は大人しく一般入試を受けとけって言ってんだよ！　つーか、もしやもしやの話なんだけどよぉ……この学園の推薦枠は、平民なんかの財産じゃぜってぇに払えるわけがねぇんだよ。ってことは……もしやゼナがこいつの推薦代を出してやったのか？」

エヴァンスはその鋭い眼光をゼナに向ける。

彼女が怒りを堪えるために何も答えないでいると、彼は突然噴き出した。

「ははは！　マジかよ、もしかしてお前こいつに惚れてんのか？　だから金を出してやったのか？　貴族の誇りも何もねぇんだな！」

「……」

「ははっ、ははは！　マジかよテメェ、全然オレになびかねぇと思ったら、こんなに見る目がなかったんだな。自分が選ばれた血だってことをちゃんと理解しているか？　いや、理解してるわけねぇか。所詮テメェも品のない女だって——むぐっ」

エヴァンスの言葉は、そこで遮られた。

「いい加減その辺りで口を閉じろ、お前の言葉はもう聞くに堪えない」

「っ⁉」

アルはその手でエヴァンスの口元を鷲掴みにしていた。

無論握り潰してしまわぬよう手加減はしているが、それでも彼の口を閉じさせるには十分な力である。

「推薦状は返してもらう。そして、二度と俺の配下を侮辱するな。俺のことはどう言われようと許してやるが、こいつを悪く言うことだけは許さん」

「――ッ！　――ッ！」

「ふむ、あまり理解はしてもらえていないようだな」

暴れ回って手から逃れようとするエヴァンスを見て、アルはため息をつく。

もう少し懲らしめてやろうかと力を込めたその時、校舎の方から彼らの下に向かって白衣の男が駆けてきた。

「お前ら！　そこで何してんだ！」

「……」

白衣の男は学園の教師のようで、いまだエヴァンスの顔から手を離さないアルの肩に掴みかかる。

「この手を離せ。お前ら推薦組だろ？　こんなところで揉め事を起こすようなら、いくら推薦の条件を満たしていたとしても不合格にせざるを得なくなるぞ」

「……それはまずいな」

アルが手を離すと、エヴァンスはその場で尻もちをついた。

唖然としたままのエヴァンスをよそに、アルは教師の方に向き直る。

「よし、それでいい。まったく……変なトラブルは勘弁してくれよ。えっと……フエンリスのところの娘と、その連れは中で受付する。この場に置いていくとまたトラブルになりそうだからな」

「そっちの方が助かる」

「……そんじゃついてきてくれ」

言われるがまま、アルとゼナは白衣の教師について行くことになった。

学園内の廊下を歩きながら、アルは彼を観察する。

紫色のボサボサの髪はおそらく手入れがされておらず、目元にはくっきりと隈(くま)があった。

ずっとどこか気怠そうなのは、普段あまり眠らない人間だからかもしれない。

「――もうそろそろいいんじゃないですか？」

「ん？」

ゼナがそう発言すると、二人の前を歩いていた教師が足を止める。

そして近くの扉を開いて中に入り、二人に対して手招きをした。

「とりあえず中に入ってくれ。フェンリス、扉を閉めたら結界魔法を頼む」

「分かっています」

何が起きているのか理解できていないアルは、手招かれるままに部屋の中へと足を踏み入れた。

そこはどうやら使われていない教室のようで、倉庫のように物が雑多に置かれている。

もちろんこのままでは、何の変哲もないただの部屋だ。

しかしゼナが結界魔法で防音性を付与したことで、中は一瞬にして聞かれたくない会話をするのに適した空間へと早変わりする。

「よし、これならもういいっスね」

「……お前は一体」

「分からないのも無理ないっス。普段から波風立てないよう魔力を隠してるし、見た目も結構変わっちまいましたからね。でも喋りかたはそのままでしょ？」

その言葉、その口調で、アルは気づく。

「お前まさか……ベルフェか？」

「はい、そのまさかっス。千年と十五年ぶりっスね、魔王様」

かつての魔王の配下であり、四天王。

〝賢楽のベルフェ〟。

目の前にいる男こそ、その転生体である。

「そうか、ゼナの言っていた協力者というのはお前か」

「……ちっと転生の儀に失敗しましてね。十年ほど早く生まれちまったんですよ。そんでまあやることもないんで、勇者が作ったっていうこの学園に潜入してみたんです。……面白そうだったし」

ベルフェがそう語る端で、ゼナが懸命に首を横に振る。

「ベルフェはさらっと言ってますけど、この学園の教員になるためには物凄い知識量と実績が必要になりますからね。千年前とは魔法の理論も大きく変わってしまった中、それら全部を頭に叩き込んで、そこからさらに新たな魔法の概念を生み出したんです。学園側からしても、実績として認めるには十分だったことでしょう」

「まあ魔法研究は趣味の一環っスからね。別に苦でも何でもなかったっス」

「んー！　イライラしますっ！　何でもないことみたいに言うんですから！」

「だって本当に何でもねぇし……」

「前世の時から貴方ってそういう性格でしたよね！　せめてもっと誇らしげにした

らどうです⁉」

「……マジでどうでもいい」

まだ少し状況を呑み込めないまま、アルは二人のやり取りを聞いていた。

そんな中、突然二人の姿が前世の姿とダブる。

魔王アルドノアの前でも、壊楽のゼナは賢楽のベルフェによく噛みついていた。

大きな成果を挙げてもそれを何でもないことのように報告する姿が、彼女の癪に触ったのだろう。

頭のいい彼らはちゃんと程度を弁(わきま)えており、決して武力行使には発展しなかったことから、ある意味で魔王城内での名物になっていた。

「ふっ……お前たちは何も変わらないな」

「アル様？」

「どういう形にせよ、お前たちと再会できたことを嬉しく思う。よくついてきてくれたな」

アルのそんな言葉を受けて、ベルフェは照れ臭そうにボサボサの頭を掻いた。

「そりゃ……俺もあんたに忠誠を誓ってますんで……あんたがいないところじゃ生きたくないっス」

「私も……ベルフェに賛同するのは癪ですが、そこに関しては同意見です。私の生きるべき場所は、貴方様のいる場所です」

ベルフェとゼナは、改めてアルの前で首を垂れる。

見た目が少し変わったとしても、その魂は変わらない。

彼らのこの姿こそまさに、偉大なる災厄の魔王の忠実なる下部の姿そのものであった。

「ゼナから聞いたのだが、俺の推薦状を用意してくれたのはお前か、ベルフェ」

「はい。資金に関してはゼナが何とかしましたが、平民に推薦枠を使うのは学園側が嫌がりますからね。そっちは俺が何とかしました」

「平民はずいぶんと見下されているようだな」

「まあ……人間は血筋に拘りますから。貴族間で子供を婚約させて両家の発展に利用するなんてこともざらですし。平民の血を劣った物と見る考えはいつまでも理解できないっスけどね。俺たちからすれば、人間なんてどいつもこいつも同じです」

「その点については同意だ」

「——とりあえずまあ、推薦状はこっちで預からせてもらっていいっスか？　後は全部処理しておくんで」

アルとゼナは、ベルフェに推薦状を渡す。

そしてアルの方の推薦状に目を通した彼は、それとアルの顔を見比べた。

「あの……今後はアル様って呼べばいいんスかね？」

「ああ、ゼナにはそうしてもらっている。本当は様もいらないのだが……」

「表じゃ取りますよ。教師が生徒のことを様付けで呼ぶってのはおかしな話っスからね」

そう告げたベルフェのことを、ゼナが鼻で笑う。

「ふんっ、敬称を取るだなんて失礼ではないでしょうか。ベルフェ、貴方には忠誠心が足りないのではなくて？」

「ゼナこそ、アル様の敬称を取れって指示を完全無視してるだろ。それこそ忠誠心が欠如してると思うけどな」

「うっ……」

ゼナが言葉に詰まり、ベルフェはしたり顔を浮かべる。

アルはまたため息をつくと、間に割り込むようにして二人の仲裁に入った。

「ゼナ、言い争いもその辺にしろ。どうせベルフェには口喧嘩では勝てないんだ。無理に突っかかるのはやめておけ」

「うー……分かってますけど……」

賢楽のベルフェという名がある通り、彼は魔王軍の中でもっとも賢い存在だった。

何か作戦が必要になる事態が起きれば、それを考えるのは概ね彼の仕事。

誰かの相談に乗ることも多々あったし、皆が皆彼に知識を借りにいった。

ベルフェの言葉は常に的確で、基本的に感情で動くゼナとは対立しがちである。

最終的にはゼナが武力行使をしようとしたタイミングで、アルドノアや他の四天王が仲裁に入ることが多かった。

魔王城内では、それをある種の名物と呼んでいた者もいる。

「それに、いつまでもこんなところにいるのはおかしいだろう。俺たちはこれから魔力量の検査をするのではなかったか？」

「そうっスね。クラス分けのための評価に使うんで、一応受けてください。……測るまでもないでしょうけど。そんであと一つ忠告しておきたいことがあるっス」

「何だ？」

「魔力量の検査には、込めた魔力の量によって光の強さが変わる特別な魔道具を使用します。ただこれは魔道具の概念上仕方がないんスけど、込められた魔力量がでかすぎるとオーバーヒートしちまうんです。それが原因で壊れたって話は今のところ聞いたことがないっスけど、アル様の魔力量なら考えられるんで」

「なるほどな。ならば量を調整すればいいのだろう？」

「そういうことっス。万が一にも壊れるようなことがあれば、その時点で評価無しってことでFクラス行きですから、本当に気を付けてください」

「分かった、肝に銘じておく」

アルが頷いたのを確認して、ベルフェは教室のドアに手をかける。

「それじゃ検査場まで案内するんで、ついてきてください。あと、外じゃ偉そうな態度を取ることになると思うんスけど……すみません」

「俺は気にしないから大丈夫だ。むしろ今後だいぶお前の世話になると思うし、俺にできることがあれば何でも言ってくれ」

「心強いっス。じゃあ当分の間は、ゼナが暴走しないように見張っといてください。そいつを無傷で止められるのはアル様しかいないんで」

「ああ、任せろ」

無下（むげ）に扱われていることに対して抗議を申し出たゼナを、彼の願い通りアルが口に手を回して止める。

んー、んーと声にならない声を上げる彼女を引きずるようにして、アルたちは教室から廊下に出た。

そのままベルフェによって案内されたのは、建物内にあるとは思えない広大な空間だった。

最奥には舞台のようなものがあり、そこから数多の机と椅子が扇状に、広がっている。

それらも後ろの人間が舞台をちゃんと見ることができるように、階段のように高低差が出るように並べられていた。

「ここは大講義場だ。全校生徒が座れるようになっていて、外部講師の講演会や、全校集会などが行われる」

教師モードに戻ったベルフェからそういった説明を受けつつ、アルとゼナは舞台の方へと連れて行かれる。

舞台の上には巨大な水晶が置かれていた。

同じ推薦組と思わしき少年が、その前に立つ。

そして水晶に手を当てて目を閉じると、そこから眩い光が放たれた。

「おお、これは中々の魔力量ですね」

「はぁ……はぁ……ありがとうございます！」

「では次の方！」

この場を仕切っていると思わしき中年教師がそう告げると、順番待ちのために並んでいた少年少女の列から、また一人舞台に上がった。

こうして一人ずつ魔力量を検査していくらしい。

「アル様、魔力量の加減はできますか？」

「ゼナ、それはあまりにも俺を舐めていないか？　勇者たちとの戦闘でも、俺はちゃんと加減をしていたぞ」

「不敬は重々承知でございますが、勇者に対する加減程度では魔道具のキャパを越えてしまうらしいので……」

「……何だと？」

確認のためにアルはベルフェの方へ視線を送る。

すると彼は誰もこちらを見ていないことを確認し、そっとアルに耳打ちをした。

「アル様が思っているより、あの魔道具はだいぶ脆いんです。普通は壊れませんが、あんたは普通じゃないので」

「おい……不安になるじゃないか」

そんな会話をしている間にも、彼らの番は刻一刻と迫ってくる。

そしてついに前の一人がいなくなり、二人どちらかの番が来てしまった。

「次の方！」

「アル様、一度私が先に行って、耐久力を見てきます。最悪私がFクラスになる分には構いませんので」

そう言い残し、ゼナは舞台へと上がる。

そして水晶の前に立ち、その表面に触れた。

「では魔力を込めてください」

「……」

目を閉じ、ゼナはゆっくりと腕を通して水晶へ魔力を流す。

これまでの中でもっとも眩い光が水晶から放たれ、この場にいた教師や受験生たちが皆驚きの声を上げた。

——その直後。

水晶の中から、わずかにビシッという何かにヒビが入るような音が聞こえてきた。

「「あ」」

アルたちは思わず声を漏らす。

しかし水晶の光は治まることなく放たれ続け、ゼナが水晶から手を離すと同時にそれは消えた。

「素晴らしい魔力量です！　歴代随一と言っても過言ではありません！　ゼナ・フエンリス、あなたは間違いなくAクラスに入れることでしょう！」

「あ……ありがとうございます」

中年教師に頭を下げた後、ゼナは舞台から降りる。

そしてアルたちの下に駆け寄ると、安心したように息を吐いた。

「一瞬ひやっとしましたが、問題はなかったみたいです……！」

「そうみたいだな。助かったぞ、ゼナ。これで基準が分かった」

「お役に立てたようで何よりでございます！」

この会話の後、中年教師に呼ばれたアルは舞台へと上がる。

そして水晶の前まで移動すると、その教師が訝しげな顔をした。

「……君、推薦状に家名が記載されていませんよ？　これでは下手をすると無効になってしまう」

「いや、俺は平民だから、家名はないんだ」

「何ですと？　何故平民が推薦状を……」

「とりあえず水晶に触れていいか？」

「……仕方ありません。このことは後で調べるとして、今はすぐに検査を終えてください」

「分かった」

話が変にこじれる前に、アルは水晶に触れる。

そして先ほどゼナが込めた量をよく思い出しながら、水晶の中に魔力を注いでいった。

しかし、ここで奇妙なことが起きる。

「——あれ？」

「……はぁ」

中年教師の口からため息が漏れた。

水晶には、一切光が灯っていない。

彼は確かにゼナと同じ量の魔力を注いだはずなのに、水晶は何の反応も示さなかった。

「最低の結果ですね。君、少なくともFクラスは確定だから」

「なん……だと……？」

舞台の上でそう宣告されたアルは、ただ愕然とすることしかできなかった。

「申し訳ございませんでしたっ！」

検査も終わり、屋敷まで戻ってきた途端、ゼナはアルに対して土下座した。

仕事をサボってついてきたベルフェは、その姿を見て呆れたような表情を浮かべる。

「……ゼナが魔力を注いだ段階で、魔力を光源に変質させる回路が焼き切れてたっぽいっス。そのせいで同じ魔力量を注いでも最大光量に到達できず、光らなかったって話っスね。それ以下の魔力量であれば回路が生きてるんで普通に光ったし……そのせいで故障扱いにもならなかったのは、本当に不幸だったと思うっス。どうせなら全部壊せばよかったのに」

「ぐっ……こればかりは言い訳もできません……」

「いや、まあわざとできることじゃねぇし、あんたにそこまでの非はねぇと思うけど……」

さすがにこの時ばかりは、ベルフェもゼナに対して同情していた。

基本的に推薦枠がある以上アルが不合格になることはない。

ただFクラスという底辺へと配属されるだけである。

ゼナとしては、確実にAクラスに入れたであろう主を底辺に——というより、自分より下のクラスに送り込んでしまったことが大きな問題だった。

主を常に立たせようとする彼女にとって、それは大罪に等しい行いである。

「ゼナ、お前は何も悪くない。俺が先に検査を受けていたとしても、加減が分からずどうせ同じ結果になっていたと思うぞ」

「ううっ……で、ですが……」

「何か罰が欲しいのか?」

「はい……このままでは私の気が済みません……」

アルはしばし考える。

これまで配下に対して罰というものをあまり与えてこなかった彼には、こういう時の最適解がよく分からなかった。

犯した罪に対してどの程度の罰が適しているのか、そういう思考自体が存在しないのである。

「アル様、ゼナに対する罰の内容で困ってるなら、ちょっと意見いいっスか？」

「ああ、構わない」

「今回の件は別に一概にこいつが悪いとは言い切れないですし、主な問題は下僕が主よりも上のクラスにいるってことだけです。アル様のクラスを今から上げることはできないですが、ゼナの評価を下げることならできます」

「……まさか、ゼナの評価をＦクラスに下げるというのか？」

「そのまさかっス。それなら別にそう難しくないんで」

ベルフェがその提案をした途端、ゼナは顔を上げ、ここぞとばかりにアルの足にしがみついた。

「それでお願いします……！　アル様と同じクラスに通いたいです！　アル様のいない教室に通うなんて考えられません！　だから私を落としてくださいませ！」

「何故お前の言葉からは常に危険な匂いがするんだ……？」

「ううっ……お願いしますぅ……」

美人が完全に台無しになってしまうほどの涙を流し、ゼナはアルに縋りつく。

そんな配下を無視できるほど、アルは非情ではない。

「ベルフェ、頼めるか？」

「はい、まあ教師陣は不審に思うでしょうけど、その辺はバレないように上手くやります」

「さすがだな。助かるよ」

「……少し話は変わるんスけど、俺からアル様に忠告しなければならないことがあります」

「？」

少し話の流れが変わったことに気づいたアルは、自分の足に縋りついていたゼナを立ち上がらせる。

彼女自身いつの間にか泣き止んでおり、その切り替えの速さを見せつけた。

「何度か言いましたが、アル様の推薦状は無理やり作ったものです。他の教師やエヴァンス・レッドホークの反応で大方分かったとは思いますけど、あんたが推薦枠で入学することは本来あり得ない話なんスよ」

「……ああ、それは理解している」

「勇者学園は伝統を重んじる……おそらくアル様は、教師からも生徒からも疎まれることになると思います。しかもFクラス認定されたことで、実力もない奴だって思われてもいる。状況としてはだいぶやばいんです」

「そこまでの話なのか……？」

「俺は決して大袈裟には言ってないつもりっス。下手したらアル様を全力で排除してくる可能性すらあります」

「……」

「もし事を荒げたくないのであれば、静かに目立たないように生活することをお勧めします。暴れる場合は全力で加勢するつもりですけど、それだと前世とやってることは同じじっスからね……」

「そうだな、それでは俺の目的は果たせない」

魔王として生きた結果、アルの生まれた理由は分からなかった。

ならば次の人生は、まったく違う生き方をしなければならない。

人間と敵対するなんてもっての外である。

「暴れるにしても、状況は考えるべきっスね。……面倒臭いのが絡んできた時は、俺が裏で始末してもいいっスけど」

「ベルフェ」

「はい……？」

「俺と共に生きたいと言ってくれるのであれば、そういう考えは捨ててくれ」

「……」

「共に生きるのなら、ゼナもお前も、俺の一部と言っても過言ではない。俺が他者を殺めなかったとて、お前たちが殺めたのでは意味がないんだ」

「……すんません、でしゃばり過ぎたっス」

「いや、むしろ俺の我儘に付き合わせてすまないな」

「いえ、それに付き合うことこそ俺たちの幸福ですから」

照れ臭そうに、ベルフェはそう告げる。

アルはずっと考えていた。

魔王アルドノアと勇者レイドが対立し続けたのは、人間と魔族という種族の違いがあったからではないかと。

人間として生まれ直した今、種族の壁はなくなった。

人間と人間であれば、大体のことは争うことなく話し合えるのではないか――アルはそう考えているのである。

「……とはいえ、綺麗事を言っていられない状況ももちろんあるだろう。その時の判断までは、俺は強要しない。お前たちの冷静な判断を期待する」

「そいつは任せてください。少なくともこいつよりは頭がいい自信があるんで」

ベルフェがゼナを指しながらそう告げた途端、彼の体が突然真横に吹き飛んだ。

かなりの勢いで吹き飛んだせいか、ベルフェの体は壁を突き破って廊下に転がる。

「聞き捨てなりませんよ、ベルフェ。いつから私の頭が貴方以下になったのです？」

「……そういうところだっつーの」

ベルフェを殴り飛ばしたゼナは、鬼の形相を浮かべながら拳を鳴らす。

常人では目で追うことすらできない速度の一撃だったにもかかわらず、ベルフェもベルフェでしっかりとガードしていた。

「やはり貴方とは一度立場をはっきりさせる必要がありそうですね」

「誰があんたをFクラスに送り込んでやると思ってんだよ、まったく……こっちだってやられっぱなしは趣味じゃないんだぞ」

「ふふっ！　残念ながらこの屋敷にいる以上は、私が許可した者以外は暴力を振るうことができません！　ここでは貴方も殴られることしかできないのですっ！」

「そんなもん分かってるっつーの。だからすでに上書きしてあるよ。ベルフェ・ノブロスは例外とするってな」

「なっ……いつの間に⁉」

「悪いけど、魔法勝負ならあんたには負ける気しないね」

「っ、上等です！　こうなったら徹底的に――」

――おい。

「「ッ⁉」」

二人の肩に、突然立っていられないほどの重圧がかかる。

揃って片膝をついた二人を見て、アルは呆れ顔のまま首を横に振った。

「口喧嘩までは許す。だが仲間同士で争うことは許さん。守れぬようなら――」

――殺す。

「「っ……」」

「ふっ、さすがに冗談だ」

微笑を浮かべたアルは、そう言って言葉を終わらせた。

ゼナとベルフェは、自分の体が震えていることに気づいていた。

それは彼の〝言葉の重圧〟を受けたからであり、本能的に恐怖を覚えている証拠である。

（……まったく冗談には聞こえなかったって）

ベルフェは苦笑いを浮かべ、額の汗を拭った。

言葉一つで他者を圧倒するほどの、桁違いの存在感。

ベルフェは思う。

前世の名を失い人間になったとしても、これほどの存在感が平穏に人生を過ごすことは不可能ではないかと――。


そしてその想像は、学園生活が始まると共に現実となる。

第四話：魔王、許さない

「今日からこのクラスの担任になった、ベルフェ・ノブロスだ。まあ、適当によろしく」

教卓に立った白衣姿のベルフェは、自分の前にずらりと並んだ生徒たちにそう挨拶した。

ここはエルレイン王立勇者学園の、Ｆクラスの教室。

Ｆクラスは通称〝退学予備軍〟と呼ばれ、学園側からすれば後がない者たちと言えた。

人数は二十人。

ひと学年六クラスに分けられた中で、もっとも人数が少ないクラスである。

皆どこか覇気(はき)のない顔をしており、これから新生活を始めようとしている者たちとは決して思えない。

それもそのはずで、彼らはすでにこの学園生活に希望を抱いていなかった。

先ほども表記した通り、このクラスは退学予備軍。

何か一つでも問題を起こせば即退学協議にかけられ、この学園の卒業生という誰もが羨む経歴を逃すことになる。

逆に言えば、何事もなくこの学園を卒業することさえできれば、たとえＦクラスの人間であっても今後の人生に大きなアドバンテージを得ることができるのだ。

だから彼らは、ただ静かに時が過ぎていくのを待っている。

しかし、そんな静かな教室の中に、異彩を放つ人間が二人いた。

「ふふふ……」

「……」

アルの隣の席に座っていたゼナは、どこか気持ちの悪い笑みを浮かべていた。

それはひとえにアルの隣の席で授業を受けることができるからである。

クラスメイトたちは、さっきからそんなゼナにチラチラと視線を向けていた。

『あれって……ゼナ・フェンリスだよな？』

『どうしてＦクラスなんかに……体調でも悪かったのかな』

『四大貴族の一角なのに、こんなところにいて大丈夫なのか？』

様々な憶測が教室内で飛び交っている。

静かにベルフェの説明を聞いていたアルは、そんな話題の中心人物である彼女の方へ視線を送った。

「ずいぶん人気者だな」

「ええ、そうみたいですね。まあこれでもエヴァンス・レッドホークと同じ四大貴族の家柄ですから、知名度だけは立派な物です。そんな人間がＦクラスにいるってだけで、くだらない貴族思想をお持ちの皆様からしたら異常事態なのでしょう」

微笑みを崩さないまま、ゼナはそう言い切った。

「そう言えば、四大貴族とは結局何なんだ？」

「ああ、そういえば説明の機会を逃していましたね。四大貴族というのは、ここエルレイン王国で王族の次に力を持つ貴族の家柄のことです。私が生まれた〝フェンリス家〟、エヴァンスが生まれた〝レッドホーク家〟、他にも〝エルスノウ家〟、〝ベイルランド家〟があります。どれも抱えている財産では他の家の追随を許しません。こればかりは驚きましたが、四大貴族の子供は両親の才能を色濃く受け継ぐ傾向があるらしく、代々発展し続けるそうです」

「ほう……」

「私がFクラスに落ちたことで、中にはチャンスだと思っている貴族もいるでしょうね。四大貴族への昇格を狙っている者なんて腐るほどいますから。まあ、私としてはどうぞ勝手に名乗ってくださいという気持ちですが」

「確かに、四大貴族だなんて言われても嬉しくも何ともないな」

「まったくです。私が唯一譲れないことがあるとすれば、それは貴方様の隣と、四天王の座だけです」

「唯一じゃないな」

「申し訳ありません、欲張りゼナちゃんが出ちゃいました」

「欲張りゼナちゃん……？」

人間ではなかった前世と比べて、今の彼らはだいぶ感情豊かになった。

特にゼナはその変化が顕著であり、そう言った面でアルがついて行けないのは仕方ないことだと言える。

「……おーい、お前ら俺の話聞けよ」

教室内のざわめいた空気を、ベルフェが止める。

彼は校内でのルールや授業の時間割について一通り話すと、教室を後にした。

残された生徒たちは、黙々と帰りの支度を始める。

本格的な授業自体は明日から。

今日はほとんど説明のみで、この後は自由時間になっていた。

校内を散策するもよし、このまま帰るでもよし。

主に校舎内を散策する一年生のために、今日は二年生と三年生は休日扱いになっている。

今日だけは一年生が学園を独占できる特別な日とも言えた。

しかしFクラスの生徒からすれば、そんなことを楽しむ余裕なんてない。

彼らには一刻も早くこの場を立ち去らなければならない理由があった。

「何を皆こんなに急いでいるんだ？」

「ああ、あらかじめ周りの人から忠告されていたのでしょう。彼らが来る前に、この教室から出ていくべきだと」

「彼ら？」

「……私たちも出ましょうか。面倒臭い目に遭いそうなので」

立ち上がったゼナに合わせて、アルも席を立つ。

――その瞬間のことだった。

「おい、テメェらそこで全員止まれ」

教室のドアが派手な音と共に開き、そこからアルたちにとっては見覚えのある赤髪の男が現れる。

彼は扉から出ようとしていたFクラスの生徒を教室の中に強引に押し込むと、自分の後ろについてきていた取り巻きに扉をロックさせた。

「テメェら、俺の顔は知ってるよなァ？　エヴァンス・レッドホーク、今日からテメェらのご主人様になる男だ。頭を下げて首を垂れやがれ」

「ひっ……」

エヴァンスの目の前にいた男子生徒は、顔を恐怖で引きつらせてその場に尻もちをついた。

彼だけでなく、アルとゼナを除く教室中の人間の顔が恐怖に染まっている。

「ゼナ、あれは何だ？」

「Aクラスからの Fクラスへの洗礼だそうです」

「洗礼？」

「AクラスとFクラスでは、大きく立場が違います。学園が大事にしたいと思っているのは、当然Aクラスの生徒たちです。Fクラスに関しては、表では決して口にしませんがどうでもいいとまで思っていることでしょう。故に、たとえAクラスの生徒がFクラスの生徒を奴隷扱いしてこき使っていたとしても、学園側は何も言ってきません」

「それはどうでもいいにも程がないか……？」

「何か問題が起きたとしても、その時はFクラスの生徒を退学にして事を納めればいい。Fクラスから人がいなくなったところで、何も困らない——そういう考え方をする教師は多いそうですよ」

「……それで教育機関を名乗るとは、笑わせるな」

「ええ、まったくです」

二人がそう淡々と話していると、それまで怯える男子生徒を見下して笑っていたエヴァンスが、ゆっくりと近づいてきた。

そしていまだ席に座ったままの二人を見下ろし、机を思い切り蹴る。

「よお、願書提出日ぶりだなぁ、テメェら」

「……何の用だ？」

「はっ、あれだけタンカ切っといて、二人そろってFクラスかよ！　情けねぇなァまったく！　これからオレ様の奴隷になる気分はどうだ？　えぇ？」

「はぁ……そんなくだらない話に付き合っている暇はないんだ。そこを退け」

「――誰に命令してんだ、テメェ」

エヴァンスが再び机を蹴る。

するとそれまでは蹴られてもぐらぐらと揺れるだけだった机が、まとめて窓際まで吹き飛んで行った。

彼の足からは、〝魔力強化〟による独特のオーラが立ち上っている。

（ほう、悪くない〝魔力強化〟だな）

魔力強化とは、その名の通り己の持つ魔力で肉体や物質の性能を上げる技術のことである。

皮膚に流せば硬質化。

筋肉に流せば身体能力上昇。

感覚器官に流せば五感の精度上昇など、本来のポテンシャル以上のことができるようになる基本中の基本の技術だ。

基本などと言いながら、これが意外と難しい。

加減をしっかりと覚えなければ、魔力を使用し過ぎて空回りしてしまうなんてことも多々ある。

そして全身にスムーズに魔力を流すことができなければ、戦闘ではまず役に立たない。

しかしエヴァンスは、現時点でかなり洗練された〝魔力強化〟を行えている。

才能か努力か、はたまたその両方か。

ともあれば彼は、一年生の中では相当な実力者であることは間違いない。

「いいか、オレの前では常に従順であれ。Aクラスとクラス、それぞれの立場を弁えろ。テメェらだって退学はしたくねぇだろ？」

「お前にそんな権限があるのか？」

「はっ、冗談か何かだと思ってるみてぇだが、簡単に説明しといてやるよ。もしテメェがオレを一発でも殴れば、その時点でテメェは校内で問題を起こした奴ってことで退学が決まる。Fクラスっていうのはそのくらい後がない連中の掃き溜めなんだよ」

「……情けない奴だな」

「あ？」

「殴られた途端、お前は教師に『殴られました、あいつを退学にしてください』と泣きつくということだろう？　威張っている割には言うことが情けないじゃないか」

「……」

その瞬間、教室の中にいるゼナ以外の人間が、アルの死を予想した。

エヴァンスが魔力で強化した拳を彼の腹のど真ん中に叩き込んだからだ。

アルの体はくの字に曲がり、いつかのベルフェと同じように壁を突き破って廊下へと転がる。

埃が舞う中、エヴァンスはアルが突き破った穴を利用して廊下へと出た。

「死んだか？　それとも生きてるか？　生きてるなら相当苦しいだろうなァ。なんたって腹のど真ん中に重い鉄球が叩きつけられたようなもんだ。もしかしなくても内臓はぐちゃぐちゃだ。生きてるなら医務室の人間を呼んできてやるよ。まあ、これでもう逆らおうなんて気は失せたろ？」

「……」

「はっ、悶絶(もんぜつ)して言葉も吐けねぇか。おいおい、ゼナさんよォ。テメェの想い人がいいようにやられてんぞ！　駆け寄ってやるとかしねぇのか？　それともオレの強さに気づいて気持ちが靡いたか！」

壁の穴からひょっこりと二人の様子を窺っていたゼナは、突然の問いかけを受けて首を傾げる。

「あなたがさっきから何を言っているのか、私には分かりません」

「あ？」

「誰が、そこで悶絶しているのですか？」

「っ⁉」

エヴァンスは視線をアルへと戻す。

そして彼は驚いた。

先ほどまで廊下の壁に背を預けぐったりしていたはずのアルが、今は自分の眼前にいる。

一度拳を放てば簡単に届いてしまうような距離。

つまるところアルは、一度殴られたというのに臆することなくエヴァンスの間合いへと入ってきたのだ。

「テメェ……死にてぇのか？」

「死にたい？　馬鹿を言うな。殺す気などない癖に」

「アァ⁉」

「さっきの拳だって、一見とてつもない威力があったように見えたが、壁を破壊した力自体はお前の魔力の余波だ。俺がぶつかったことで壊れたわけじゃない。まあ確かに拳の威力は俺を吹き飛ばす程度にはあったが、内臓を破壊できるほどかと言われたら甚だ疑問だ」

「て、テメェ……」

「お前の立場でも、殺人はまずいんだろうな。意外と可愛い奴だ。最初から殺すつもりなんてなかったくせに」

「……オレのなけなしの優しさを無駄にするつもりか？」

「そんなこと言ってないでさっさと殴りかかってきたらどうだ？　俺から手を出した時点で退学というのなら、手を出さないでおいてやろう」

アルはそう言いながら、自分の制服のズボンのポケットに手を入れる。

有言実行、自分は一切抵抗しないという意志表示だ。

「どうした、俺はまだ貴様には屈していないぞ」

「っ！　このッ――」

怒りに身を任せ、エヴァンスは拳を振りかぶる。

しかしその拳は、彼の背後から近寄ってきた男によって摑み止められた。

「何をしているのですか、エヴァンス・レッドホーク」

「ブレイン……先生」

「学園内における生徒同士の私闘は禁止されています。こんなところで成績を下げたくはないでしょう」

「……っ」

悔しげな表情を浮かべたエヴァンスは、腕から力を抜く。

もう戦闘の意思がないことを確認したブレインが手を離してやれば、彼は盛大な舌打ちをこぼしてアルに背を向けた。

「……君はFクラスの人間ですね」

「そうだ」

「私はブレイン・ブランシア。Aクラスの担任であり、一年生の学年主任です」

「ああ、俺は——」

「いえ、あなたの名前は結構。Fクラスの生徒の名を覚えるつもりはありませんので。そんなことよりも、私のクラスの生徒に逆らうのは控えていただけますか?」

「……何だと?」

「Aクラスの生徒たちは、この国の未来を担う金の卵たちです。あなた方のような才能の欠片(かけら)もない落ちこぼれとは秘めたる価値が違うのですよ。学園側として言わせていただくのであれば、精々Aクラスの生徒たちの邪魔をしないでもらいたいですね。むしろ積極的に身の回りの世話をするくらいでないと、あなた方がこの学園にいる意味すらもなくなるのですよ」

アルは驚いていた。

この男、本気で言っている。

彼は教師でありながら、教え子たちを奴隷として見ていた。

人類の敵とされていた魔王アルドノアよりも、この男の方がよほど邪悪だろう。

「……っと、本来の目的を忘れるところでした。私はここに喧嘩の仲裁をしに来たわけではありません。勧誘に来たのです」

そう告げて、ブレインはゼナの方へと振り向く。

「ゼナ・フェンリス。あなたはこんな底辺にいていい人材ではありません。明日から私のAクラスへと通いなさい」

「はい？」

「魔力検査の結果、あなたは間違いなくAクラスのポテンシャルを持っていました。しかしどういうわけだか、クラス分け発表の段階でFクラス配属になっていたのです。純粋なミスか、それとも何者かが書き換えたかは分かりませんが、あなたがA

クラスに来るべき人間であることは一目瞭然。たとえたった一日だったとしても、このような掃き溜めへ送り込んでしまったことを謝罪します。明日からは我が学園の金の卵として、見合った教育を受けましょう」

「面白い話ですね。……もし、それをお断りしたらどうなるのでしょう？」

「……断る権利があるとでも？」

「あるでしょう？　私とて四大貴族の一家です。この学園にだって多額の寄付をしてますし、自分のクラスくらい自由に決めたっていいはずです」

「何故、それほどまでFクラスにこだわるのですか？」

「うーん、そうですね……貴方という教師が嫌いだから、というのはどうでしょう？」

「っ……」

　ゼナとブレインの視線が交わり、見えるはずのない火花が散る。

　冷静な判断を下すことのできる二人が武力行使に出るということは決してないが、それでも何も知らない人間がこの場を見れば、一触即発の空気を感じ取ることだろう。

　やがてその空気を一方的に払ったのは、ゼナの方だった。

彼女はアルとエヴァンスにそれぞれ視線を送った後、楽しげな笑みを浮かべる。

「もしここにいるエヴァンス・レッドホークが、私のクラスメイトであるアルさんに決闘にて勝つことができれば、お誘いに乗ってAクラスに入って差し上げましょう」

「アァ⁉　何でオレがそんなことを……」

「ああ、先ほどの喧嘩では消化不良なのではないかと気を利かせたつもりだったのですが……ご迷惑でしたか？」

「当たり前だ！　わざわざゴミと決闘する馬鹿がどこにいんだよ！」

「なるほど、ゴミに負けるのがそんなに怖いのですねっ。本当に臆病な方」

「テメェ……口の利き方に気を付けろ！　今ここでテメェをぶちのめしてやったっていいんだぜ」

「あら、できるものならいつでもどうぞ？　Fクラスの人間なんて奴隷同然らしいですから、そんな風に脅さずとも最初から手を出せばいいじゃないですか」

「……本気で潰されてぇみたいだな、おい」

双方に喧嘩を売っていくゼナは、やはりどこか楽しげであった。

ただ周りの人間としては気が気でない。

このままではエヴァンスがゼナに襲い掛かってしまうと判断したブレインは、再び彼を止めに入る。

「学園内で下品な言葉を使うのは控えなさい。それとあなたたちの私闘はあまりにも無益です。エヴァンス、ここはまずゼナの提案に乗るべきでしょう」

「はぁ⁉　あんたまで何言ってんだ！」

「そこの男を蹂躙（じゅうりん）するだけです。あなたは己の力を見せつけるためのパフォーマンスができますし、私は彼女を自分のクラスに入れることができる。あなたと私は、お互いに得をするのです」

「……そいつは確かにそうかもしれねぇが」

「ならば決まりですね。これからゼナ・フェンリスのAクラス編入をかけた決闘を行います」

そんなブレインの宣言が、高々に廊下へと響き渡った。

「どういうつもりだ、ゼナ」

だ」

「何故わざわざこうして決闘の舞台を用意する必要があったのかと聞いている。それに自らが決闘の舞台に立つならともかく、俺を立たせるというのはどういう了見だ」

勇者学園の広大な敷地内にある、第一決闘場。

ドームのような形状をしたその決闘専用の舞台は、学園行事や生徒同士の揉め事を解決するために一役買っていた。

収容できる観客の人数は、3、400人。

アルとゼナが現在いる場所は、そんな決闘場の控室だった。

「それにつきましては申し訳ございません。ただ、アル様を侮辱されたままでは、どうしても私の気が治まらず……」

「――俺は割と今回のゼナの行動に対して賛同してますよ」

決闘場の廊下から控室へと入ってきたベルフェは、アルとゼナを見てそう告げた。

「今回の件、本来ならゼナが自分で決闘をするべき状況ではありますが、それじゃまったく意味がないんスよ」

「……勝てて当然だからか」

「概ね(おおむ)その通りっス。正確には、勝ったとしても誰も驚かない、ですけど。俺たちから見ればゼナとエヴァンスのレベルの差は歴然だし、こいつが負けるなんて万が一にもあり得ないっスけど、周りの人間はAクラスに入れる才能同士の互角の戦いだと思ってますから」

「ふむ……」

「それに、ゼナが決闘でエヴァンスに勝てば、やっぱりゼナはAクラスにいるべき才能だと見なされて強制編入させられてもおかしくない。一年生の教師陣が軒並(のきな)みその意見に賛同したら、俺がいくら反対したとしてもどうしようもないっスからね」

「確かに、それならゼナが戦うわけにはいかないな」

「ええ。その点ここでアル様が出て行くのは、だいぶ面白いことになります。Aクラスの生徒、しかも四大貴族の血縁が、Fクラスの平民に負けた。学園中で大ニュースになるでしょうね、間違いなく」

「そこまで聞けばこの状況に納得も行くが、ここで目立つのはいいのか？　ベルフェとしては、俺たちには波を立てずに過ごしてほしいんじゃなかったのか」

「……もういいっスよ。俺、思ったんです。いくら平穏に静かに過ごしてほしいって願っても、この世界がそれを許さないいんじゃないかって」

ベルフェはアルから視線を逸らし、息を吐く。

それは諦めているようでもあり、そして嬉しそうでもあった。

「どうして俺たちが自分の偉大なる主を貶されたまま黙ってなきゃいけないのかって、どうして我慢しなきゃならないのかって……冷静に考えれば考えるほど、訳が分からなくなっていくんスよ。理不尽に力で立ち向かうなんて当たり前です。貶してきた奴をぶっ飛ばすなんて当たり前です。どちらかと言えば、それを我慢する方が健全じゃねぇ」

ベルフェの眼には、熱い何かが宿っていた。

普段から気怠げでクールな彼からは、到底想像もつかないような姿。

人間となり感情が豊かになったベルフェは、今間違いなくこれまでで生きてきた中でもっとも強い怒りを感じていた。

「王を担ぐことこそ、俺たちの仕事です。ただ、別に担ぎ上げる場所はもう〝魔王〟じゃなくてもいい」

「ベルフェ……」

「勇者にないいいいりましょう、アル様。あんたが主席で卒業して勇者になれたのなら、この時代の人間たちのレベルはそれまでです。あんたと対等に立てる存在がいるかどうか、それで分かりやすいな」

「……なるほど、分かります」

「ええ、分かりやすいでしょう？　そんで手始めに、あんたのことを勘違いしているあのＡクラスの連中を黙らせるんです」

ベルフェの言葉は、アルの中に強い衝撃を与えた。

アルは常に〝王〟だった。

王として、そこにいるだけだった。

しかし生まれ変わった今は違う。

彼は今、這い上がる側なのだ。

そして新たな試みは、王に新たなる楽しみを与える。

「もう！　私の口からも説明したかったのに……！」

「悪かったな、俺も我慢できなくて」

「……今回はまあ、別にいいです。アル様、私の言いたかったこともベルフェが大体言ってくれました。貴方にはもう変な我慢をさせたくありません」

ゼナはアルの手を取ると、その場に膝をついた。

いつまでも変わらぬ忠誠、それを示すための行動である。

「この人間の国で、成り上がりましょう。手始めに、我らの所属するFクラスから」

「……面白いではないか」

ゼナから手を離し、アルは控室の出入口へと向かう。

その足取りは、いつになく軽かった。

「慕っている主が甘く見られ、お前たちは腸（はらわた）が煮えくり返る想いだろう。主としては情けない限りだ」

アルの体から立ち上る魔力が、徐々に研ぎ澄まされていく。

そのあまりの迫力に、ゼナたちは息を呑んだ。

オーガの時の準備運動とはまるで違う。

彼はこれから、戦闘をしようとしているのだ。

（これはさすがに……エヴァンスが可哀想ですね）

ゼナは苦笑いを浮かべ、心の中でエヴァンスを憂（うれ）う。

魔王アルドノア改め、人間、アルの初陣（ういじん）。

まさに歴史の一ページを飾る出来事が今、始まろうとしていた。

「エヴァンス、分かってますね？」

「あ？」

「今回の決闘は、ただ勝利するだけでは駄目です。徹底的に痛めつけ、あなたの強さ、恐ろしさを知らしめてください」

「分かってるよ。オレだって腸が煮えくり返ってんだ……ぜってぇただじゃ済まさねぇ」

「その意気です」

アルたちのいる控室とは真反対にある控室。

その中で決闘の準備をしていたエヴァンスは、己の座っていたベンチを拳で叩き壊した。

木くずと埃が舞い上がる中、彼の殺意のこもった声が響く。

「あいつは俺に二度も恥をかかせてくれやがったんだ……推薦願書提出の時と！ついさっきの廊下ァ！　許さねぇ……許せるわけがねぇッ！」

辺りに散らばった木片を蹴り飛ばし、エヴァンスは控室を飛び出して行く。

部屋の中に取り残されたブレインは、指を鳴らして手元に一冊の本を出現させた。

これは彼自身が調べまとめあげた様々な生徒の情報。

彼が色んな意味で目を付けた、数多の生徒たちの名簿だった。

「アルという男……調べてみても特に裏は出てこない、か」

何気なく名簿を開き、ブレインはアルについてまとめたページに行き着く。

平民でありながら推薦枠を用いて入学した異質な存在。

もっともそれはゼナ・フェンリスが手を回した結果であり、彼自身が何かをしたわけではない。

ただ、フェンリス家から支援を受けているという点が問題だった。

アルの情報を集めようとすることは、すなわちフェンリス家を嗅ぎまわるということ。

四大貴族に対してそういった行動を取るのは、今後の関係がこじれることも考えると極力避けるべきことだった。

（私の学園に異物が紛れ込んでしまったのなら、早い内に掃除をしなければならない……ここでエヴァンスが徹底的に壊してくれれば、この後余計なことをせずに済

むのですが）

ブレインが名簿を閉じれば、それは霧となり手の内から消える。

そして彼も決闘の行く末を見届けるため、控室を後にした。

決闘場に足を踏み入れたアルは、大勢の観客の視線に晒（さら）された。

Ａクラスによる、Ｆクラスの蹂躙劇。

平和ボケをした貴族の子供たちにとって、それは何とも刺激的で、甘美なイベントだった。

「趣味が悪いことこの上ないな……」

「そうか？　オレはいい趣味だと思うぜ」

「……エヴァンス」

「クソ平民が……様を付けやがれってんだ」

決闘場の中心で、二人の男は睨み合う。

一触即発の空気。

今にも跳びかかりそうなエヴァンスだったが、その我慢が限界に達してしまう前に、決闘を取り仕切る中立の立場の男性教師が二人の間に立った。

「これより、一年Aクラス、エヴァンス・レッドホークと、一年Fクラス、アルの決闘を執り行う。勝敗はどちらかが降参するか、どちらかの胸元のエンブレムが破壊されるまでだ」

アルが自分の胸元に視線を落とせば、そこには盾を模して作られた銀色のエンブレムがあった。

通称、守護のエンブレム。

まずこれが無事である限り、装着者へのダメージはゼロになる。

そして相殺されたダメージはエンブレム自体に蓄積し、そのキャパシティを越えた瞬間に砕け散る仕組みになっていた。

「なお、エンブレムを破壊した後の過剰攻撃に関しては、重い厳罰の対象となるため注意するように。以上、質問は？」

「ない」

「ねぇよ」

「よろしい、両者その位置から十歩離れて」

言われた通り、アルとエヴァンスは元居た位置から十歩ずつ下がる。

二人が所定の位置に立ったことを確認し、男性教師はその右腕を高く振り上げた。

「では——始め！」

教師が腕を振り下ろす。

その瞬間、エヴァンスはすでにアルの眼前にいた。

「今度は手加減なしだ！　この底辺野郎！」

エヴァンスの拳に魔力が集まる。

皮膚の硬質化、そして身体能力強化。

二つの強化が合わさった時、その拳は鉛を超える。

アルはそれを片手で受け止めようとするが、拳の勢いに押され、教室から廊下に殴り飛ばされた時のように数メートル分後退させられた。

「いっちょ前に防いでんじゃねぇよ！　オラァ！」

「っ！」

拳を高々と振り上げたエヴァンスは、それを地面に叩きつける。

するとアルの足元に、突如として赤い魔法陣が広がった。

「〝グランドフレイム〟！」

例えるならそれは、火山の噴火。

足元の魔法陣から吹き上がった業火は、容易くアルの体を包み込んだ。

「レッドホーク家は代々炎の魔法を継承していく！　血筋にも恵まれてねぇテメェが耐えられるもんじゃねぇぞ！」

「……それは少し言葉が過剰だな」

「え、なっ」

業火の中から、アルは平然とした様子で姿を現わした。

あれだけの炎に包まれていたというのに、彼の体は火傷の一つも負っていない。

「チッ、いっちょ前に〝魔力障壁〟を展開しやがったか……」

「ん？　あ、ああ……そうだ」

「はっ！　さすがに俺に喧嘩を売るだけのことはあるなァ！　もう少し強めにいたぶれそうだ！」

アルはエヴァンスが見当違いの認識をしていることに対し、ただただ困惑した。

魔力障壁とは、純粋な魔力で体を覆うことで敵の攻撃を弾く技術である。

魔力強化による皮膚の硬化と違うのは、肌に触れさせることなく攻撃を防げるという点。

例えば触れることすら危険な毒の魔法なども防げるため、対魔法使い戦ではかなり重要な技術とされている。

エヴァンスの見当違いとは、アルがそんな魔力障壁を使って魔法を防いだと思っていること。

実際のところ、アルは魔力障壁など一切使っていない。

魔力強化すらも使っていない。

彼がしたことと言えば、足元に軽く息を吹きかけたことだけ。

その風圧が、彼の足元から吹き上がっていた炎を塞き止めていたのだ。

(生身で受けたとてダメージはないが……制服が燃えるのはまずいからな)

アルは自分の服がどこも焦げていないことを確認してから、エヴァンスへと向き直る。

「テメェごときの魔力障壁でどこまで防げるか……見物だなァ！」

エヴァンスの拳に、再び炎が宿る。

「〝フレイムフィスト〟！」

そして今度はそれを地面ではなく、アルに向けて突き出した。

彼の拳から放たれたのは、巨大な拳型の炎の塊。

地面を抉るほどの威力を誇るその魔法は、一年生のレベルを大きく超えていた。

決まる――。

見物に来た生徒や教師は、エヴァンスの放った魔法を見てそう確信した。

そしてその場から微動だにしないアルは、再び呆気なく炎に飲み込まれる。

「はっ！　まあ平民ごときにBランクの魔法が防げるわけねぇよな」

魔法には、その会得難易度によってランクが設けられている。

最低がF、最大がA。

そしてAの一つ上に設けられたSランクを以って、計七段階。

エヴァンスの放った〝フレイムフィスト〟は、ランクB。

つまり、上から三番目に強い魔法ということになる。

このレベルの魔法を十六歳にて使いこなしているのはかなり特別なことであり、彼の並外れた才能を表していた。

「……チッ、何だよ。もう少し楽しませてくれると思ったのによォ」

「悪いな、あんまり人を楽しませるような真似をしたことがないんだ」

「ッ⁉」

真後ろから聞こえてきた声に、エヴァンスは振り返る。

そこにはどこか申し訳なさそうにしているアルが立っていた。

何が起きているのか分からない。

エヴァンスの視点からは、間違いなくアルの体は炎に飲み込まれていた。

しかし彼は再び無傷のまま自分の後ろに立っている。

(アル様はだいぶ遅く動いてましたけど、エヴァンスはそれすら見えなかったようですね)

観客席へと移動していたゼナは、上から戦況を冷静に分析していた。

なんてことはない。

アルは自分に向かってきた炎を、当たる直前で横に避けただけである。

それでもだいぶ余裕があったため、軽く脅かしてやろうと後ろに回り込んだのだ。

実際のところ、観客席にはアルの姿を捉えられていた者もいる。

エヴァンスがアルを見失ったのは、魔力強化によって視力を強化していなかったためだ。

魔力強化を常にかけていない時点で、彼の実力は底が見えている。

「どうした？　もう終わりか？」

「舐めた口を……ッ！　〝フレイムサーベル〟！」

エヴァンスの手に、炎でできた剣が出現する。

そしてそのまま剣を振りかぶり、アルに向けて跳びかかった。

「オラァ！」

「……」

エヴァンスが振り下ろした剣を、アルは最小限の動きでかわす。

何度も何度も彼はムキになって剣を振り回すが、アルには通じない。

どれも寸前でかわし、エヴァンスはいたずらに体力を消費していく。

「はぁ……はぁ……て、てめぇ……ちょこまかとぉ！」

「……はぁ」

息を切らしながらも斬りかかってきたエヴァンスを、アルは足を引っかける形で転ばせる。

エヴァンスはみっともなくうつ伏せに倒れ、目を丸くした。

（これは何だ⁉　どうしてオレが倒れてんだよ……！）

彼は今までずっと自分が最強であると思っていた。

人生で一度も敗北なんてしたことがない。

将来レッドホーク家の当主となる自分に、皆媚びへつらった。

障害なんて、何一つなかったはずなのだ。

――彼は何一つとして気づいていない。

いや、気づかないようにしていたのだ。

自分よりも強い者がいることを、自分よりも才能に恵まれた者がいることを。

懸命に上を見ないようにしていたのだ。

その安っぽいプライドを守るために。

「お前、何も自分のことが分かっていないな」

「アァ⁉」

「お前の魔法は明らかに中距離に特化している。それなのにわざわざ近づいてくるなんて、才能を無駄にしているとしか思えん」

「う、うるせぇ！」

エヴァンスは立ち上がり様に火炎を投げつける。

それを片手で簡単に跳ね除けたアルは、呆れたようにため息を吐いた。

「炎は便利な属性だ。焼くというのは生物に対して想像を絶する苦しみと、甚大なダメージを与える。だがもう一つ、面白い使い方がある」

「あ……？」

アルの人差し指の先端に、小さな火が灯る。

その火はただの火ではない。

色は極めて高温であることを示す青色。

そしてその色はさらに変化し、ついには真っ白に染まった。

「〝白炎(はくえん)〟」

「その小さい炎がどうだってんだよ！　平民ごときがオレに説教垂れてんじゃ——」

エヴァンスが吠える。

しかしその言葉は、最後まで紡がれることはなかった。

膝から崩れ落ちたエヴァンスは、地面についた自分の手の甲に視線を落とす。

そこには水分を失い、カラカラに干からびた肌があった。

「かっ……あ……」

声が出ない。

口の中に本来あるはずの唾液が消えてなくなり、舌すらも張り付いてしまって動かなくなる。

目が痛い。

瞼を閉じていなければ、一瞬で目玉の表面が干からびてしまいそうだった。

彼の体からは今、水分が失われている。

すべてはアルが灯した小さな火、〝白炎〟の影響だった。

「少しは理解できたか？　これが炎の真骨頂、熱の力だ」

「て……め……」

「ここまで火を小さくしているのは、〝白炎〟は温度が高すぎて今俺たちの決闘を見ている者たちからも水分を根こそぎ奪ってしまうからだ。そしてお前はとっくに即死しているだろう」

アルはこれまでの攻防で、この決闘のルールの穴を見つけていた。

エンブレムが相殺してくれるのは、あくまでダメージのみ。

例えば周囲の環境から受ける影響などは、その範囲に入らないのだ。

アルがその事実に気づいたのは、エヴァンスの炎を間近まで引き寄せた時。

ダメージはなかったものの、その炎の熱だけは確かにそこにあったのだ。

「ただ炎をぶつけるだけでなく、周囲の気温を上げて体力を奪う。中距離に特化したお前の魔法なら、近づかせることなく時間をかけて相手の体力を奪うことだってできるだろう。……まあ、お前がそれを理解していたとしても、俺に対してそんな戦術はとりたくなかっただろうがな」

「……」

「おっと、そろそろまずいか」

動かなくなってしまったエヴァンスを見て、アルは炎を消す。

そして今度は大量の水を手の上に生み出すと、エヴァンスに向けて投げつけた。

「げほっ……はぁ……はぁ……」

「失った水分はこれで取り戻せただろう。さて、続きをやろうか」

「うっ……」

エヴァンスの顔に、恐怖の色が滲む。

確かに水分は戻ってきた。

温度も戻った。

しかし、アルという男に対しての理解が追いつかない。

観客としてこの場に訪れた生徒たちも同じ状況に陥ったようで、決闘場全体が静まり返っていた。

彼らが見にきたはずの、Ａクラスによる蹂躙劇。

唯一理解できていることは、そのお望みの物はもう見ることができないであろうということだけだ。

「て、テメェ……何者だ⁉」

「俺はアル。お前が見下す、ただの平民だ」

「んなわけあるかよ！　こんな……ふざけた魔法……っ！　平民なんぞに扱えるわけがねぇ！　身分を偽ってるんだ！　本当はどこかの有名な貴族なんだろ⁉　アァ⁉」

「……哀れだな。そうであってほしいと、心の中で望んでいるだけだろう」

「っ⁉」

「自分より強い者は、自分よりも生まれがいいだけだ。決して自分が負けた訳じゃない。家柄や才能が負けたんだ――そう思いたいだけだろう」

「うるせぇ……！　うるせぇ！」

エヴァンスの手に、再び炎が灯る。

そしてそれを宙に掲げれば、やがてその炎はこれまで以上の巨大な塊へと膨れ上がった。

「〝クリムゾンフレア〟ッ！」

赤黒い巨大な炎の塊。

それはエヴァンスにとっての最大魔法だった。

彼の放つ如何なる炎よりも熱く、そして呑み込んだ相手を破壊する。

観客の一部はその魔法を見て歓声を上げた。

不穏な空気が漂っていたこの決闘場で、エヴァンスの必勝の攻撃が放たれたという事実。

これまでのことは何かの間違い。

この一撃で、すべては決まる。

——そう確信した者たちを、アルは一瞬にして裏切った。

「こんな感じか……？　〝クリムゾンフレア〟」

アルの手から、エヴァンスの放った魔法とまったく同じ物が放たれる。

炎と炎はぶつかり合い、混じり合い、そして互いに殺し合い、消失してしまった。

「う、嘘……だろ……？」

エヴァンスは呆然とその光景を見ていた。

自分の最大魔法だ、負けるはずがない。

そう信じて放った、最後の魔法だった。

魔力にだって限りがある。

　そもそもこの〝クリムゾンフレア〟は、エヴァンスの魔力の半分を消費しなければ撃てない魔法。

　これまで使った魔法の数と種類も考えると、正真正銘彼の魔力は底をついていた。

「ふむ、だいぶ加減のコツが掴めてきたな。これならうっかり人を殺めてしまうこともなさそうだ。感謝するぞ、エヴァンス」

「テメェは……本当に、何者……なんだ」

「だからさっきから言っている。ただの平民だと」

　アルが軽く地面を蹴る。

　すると次の瞬間には、エヴァンスの眼前へと移動していた。

「お前には感謝している。しているが……」

「っ……!?」

「我が下僕を侮辱したことに関しては、まだ許していないからな」

　エヴァンスの胸元に、アルの蹴りが炸裂する。

　ミシっとエヴァンスの胸骨が悲鳴を上げたその直後、彼の体は猛烈な勢いで吹き飛んで行き、観客席の下にある決闘場を囲う壁に激突した。

「う……あ……」

一度自分の体を見下ろしたエヴァンスは、そのまま項垂れるように気絶する。

そして、エヴァンスの胸元にあったエンブレムが小さな音を立てて砕け散った。

エヴァンス自身は、エンブレムのおかげでダメージを負っていない。

しかしアルの死すらも連想させてしまうような蹴りを受けたことによる恐怖が、彼から意識を奪ってしまった。

「審判、奴のエンブレムが壊れたぞ。これで俺の勝ちだな?」

「あ、ああ……勝者、Ｆクラス、アル……」

アルは表情すら変えず、決闘場を後にする。

いまだ何が起きたのかを理解できていない観客席の者たちは、口を利けずにいた。

ただ一人、男子の制服を着た少女以外は——。

「すごいなぁ、あの人。エヴァンスに勝っちゃうなんて」

去り行くアルの背中を、彼女は細めた目で見つめていた。

そして踵を返し、彼とは反対方向にある出口へと歩き出す。

「今度話しかけてみようかな。……友達になってくれるかもしれないし」

楽しげに笑みをこぼした彼女は、そうして決闘場をあとにした。

第五話：魔王、任せる

「あの男の素性はまだ分からないのですか⁉」

「も、申し訳ございません！」

　一年生学年主任、ブレイン・ブランシアの怒鳴り声が、職員室に響いた。

　怒鳴られているのは、彼の受け持っているAクラスの副担任である女性。

　彼女はブレインより、Ｆクラスに所属しているアルという生徒の素性調査を命じられていた。

「しかしいくら彼の経歴を集めようとしても、辺境の村で生まれたただの平民というだけで何の変哲もないのです……人に経歴を隠蔽されている形跡もなく――」

「何の変哲もない辺境の村の少年を、あのフェンリス家が囲み込むわけがありません！　フェンリス家の隠し子……そういった類である可能性が高いのです！　徹底的に探りなさい！　多少強引な手を使ってでも！」

「は、はい！」

激しく怒鳴り散らした後、ブレインは自分の席へと座り直す。

学年主任として、ブレインは今窮地に陥っていた。

Ａクラスに所属している四大貴族の血縁が、Ｆクラスの平民に敗北したという事実。

あれだけ堂々と観客まで招き入れての決闘は、もうもみ消すことなどできやしない。

この事実はすでに学園中に、そしてその保護者にまで伝わっていた。

貴族の血は絶対。

そんな考えを持って生きている者たちからしたら、エヴァンスの敗北に何かしらの理由を持たせたい。

その結果、ブレインの指導力不足という点に目をつけたのだ。

エヴァンスとアルの決闘から二日が経った今、ブレインの下には、そんな貴族たちからの抗議の声が集まりつつあった。

このままでは、少なくとも学年主任という立場が危うくなる。

（やむを得ませんね……）

ブレインは席を立ち、職員室から出る。

そのまま彼は人気のない場所まで移動し、身を隠した。

そんな彼が懐から取り出したのは、板状の魔道具。

彼がそれに魔力を流せば、表面に青白い文字が浮かび上がる。

「……聞こえていますか」

『ああ、音質は良好だ』

板の向こうからこの場にはいない誰かの声が聞こえてくる。

「あなたに依頼を頼みたいのですが」

『知ってると思うが、俺はかなり高いぞ』

「金の心配など無用です」

『ふっ、そうか……それで、今回はどういう依頼なんだ？』

「私の学園に所属している、ある少年の始末を頼みたいのです。状況はそうですね……できる限り事故に近い形でお願いします」

『その依頼内容だと、死体の処理はしなくていいみたいだな』

「ええ、今回に関しては見せしめの意味もありますので。学園の平穏を乱す不届きな輩を、学園側が裏できちんと処分した……そう認識してもらわなければならないのですよ」

『へぇ……まあそちらの事情は詳しく聞かない。俺は金さえもらえれば、必ず仕事はこなす』

「お願いしますよ？　失敗すれば、ただでは済みません」

『馬鹿を言うな。どの道失敗すれば、俺の仕事はおしまいだ。その時は自ら命を絶つ』

「素晴らしい。だからあなたは信頼できる」

『仕事は二日以内に終わらせる。あんたはそれまでに報酬を用意しておけ』

「分かりました、お待ちしています」

魔道具に灯っていた光が消える。

すると男の声も聞こえなくなり、辺りは静けさに包まれた。

「ゴミは処分しなければなりません……私の計画のためにも」

「……♪」

「……」

Ｆクラスの教室の中。

ゼナは常に微笑みを浮かべ、何故か嬉しそうに体を揺らしている。

隣に座るアルは、さっきからその様子が気になって仕方がなかった。

「……えらく上機嫌だな、ゼナ」

「はい！　だってアル様があのエヴァンス・レッドホークを圧倒してくださったんですもん！　その結果、今日もたくさん注目を浴びていらしたじゃないですか！

下僕としては鼻が高いですっ」

「俺としては気持ちのいいものではないのだが……」

「それに、エヴァンスを蹴り飛ばした時に言ってくださった言葉、とても嬉しかったんですよ？　やはり私が生涯付き従うのは、アル様以外あり得ないと再度確信いたしましたっ！」

「……それは何よりだ」

ゼナの口から放たれる必要以上の情報量を適当にあしらいながら、アルは周囲を見渡す。

確かにゼナの言う通り、ここ三日ほどアルは多くの生徒の視線を集めていた。

あのエヴァンス・レッドホークに勝ったＦクラスの平民。

エルレイン王立勇者学園の歴史上に存在してはならない出来事を作った人間として、注目を浴びないはずがなかった。

「今頃Ａクラスは大荒れでしょうね。なんたって奴隷扱いする予定だったＦクラスの生徒が、反旗を翻してきたのですから」

「そうだねぇ、ここ数日皆そわそわしてどこか落ち着かない様子だよ」

「そうでしょうそうでしょう。これこそざまあみろというやつで――って、どうして貴女がここにいるんですか⁉」

「えへへ、遊びに来ちゃった」

その〝少女〟は、いつの間にかゼナの側に立っていた。

無論アルは気づいていたが、あまりにもゼナが気持ちよさそうに語っているものだから、あえて何も言わずにいたのである。

「……君、アルって言うんだよね？　エヴァンスを倒した男の子」

「ああ、そうだ。お前は？」

「ボクはメルトラ。メルトラ・エルスノウ。ちなみにボクもＡクラスだよ」

「ほう、じゃあお前も奴隷探しに来たのか？」

「ううん、僕はそんなくだらないことはしないよ。身の回りの世話なんて、うちの使用人だけで十分だからね。ボクは単純に、君に会いに来たんだ」

「俺に？」

「うん！　君の強さは、どう見てもＡクラス……いや、それ以上だった。だからどうしてＦクラスにいるのかが気になっててね」

彼女はニコニコと笑みを浮かべながら、アルの顔を覗き込む。

その顔に悪意はなく、純粋なる好奇心からの行動であるということは間違いなかった。

「ま、今日はただの挨拶ってことで。もうすぐ授業が始まっちゃうしね。また来るから、その時はもっとお話ししようね」

「……ああ」

「じゃあね！　アル、ゼナ！」

二人に手を振って、メルトラはＦクラスの教室を出て行く。

一方的に残された二人は、嵐のように去って行った彼女を呆然と見送った。

「はぁ……相変わらず天真爛漫（てんしんらんまん）な人ですね」

「なあ、ゼナ」

「はい？」

「あいつは何故、女なのに男と同じ制服を着ているんだ？」

彼女を初めて見た時から、アルはずっとそのことが気になっていた。

もちろん女性が男性物の服を着ようが、男性が女性物の服を着ようが、何の問題もありはしない。

ただ男女の性に対する知識がないアルは、初めて見たその人種に驚きを隠せなかったのだ。

「ああ、それは私にも分からないのです。付き合い自体も別に長くなくて……」

「そうなのか」

「メルトラ・エルスノウ。名前の通り、四大貴族の一角です。立場が近いためか、よく王族主催のパーティーでは顔を合わせました。言い換えれば、それだけの付き合いということです」

「へぇ……」

結局、アルの疑問が晴れることはなかった。

何かを考え込みながら、アルは彼女が出て行った出入口の方を見つめる。

「どうされました、アル様。何か気になることでも？」

「……この状況とはまったく関係ないのだが、ゼナをAクラスに勧誘しに来たあの教師、名は何と言ったか」

「ブレイン・ブランシア学年主任ですね。Aクラスの担任の」

「ああ、そんな名前だったな」

「彼がどうかしましたか？　……はっ！　さてはあの時の無礼な発言に対し、制裁を与えるおつもりですね⁉　その役目ならお任せください！　この私が、あの男を生かさず殺さずの苦痛地獄に陥れて――」

「そういう話はしていない！」

「あぁん！　頭が！　頭がミシミシと音を立てて！」

アルはいつかのように頭を鷲掴みにして、ゼナの暴走を食い止める。

そして彼女が落ち着いた頃を見計らって、アルは自分の胸の内をぽつぽつと話し出した。

「初めてブレイン・ブランシアと顔を合わせた時、何故か初めて会った気がしなかったんだ」

「え？」

「今のメルトラ・エルスノウからも、同じような感覚を覚えた。俺は……どこかであの二人と会ったことがあるのかもしれない」

「……アル様はあの村からほとんど出ずに幼少期を過ごされたのですよね？　おそらくその二人と会う機会はなかったと思うのですが」

「ああ、間違いなく会ってはない。だが……妙な感覚だ」

「……」

後ろで結んだ長い金髪。

そして、まるで子犬を連想させる明るい笑顔。

髪型は違うし、性別も違う。

ただ、アルはあのメルトラの様子から、何故か一人の少年のことを思い出していた。

（……勇者レイド。どうして今、お前の顔を思い出す？）

そうして湧き上がった違和感は、彼の胸の内にまるで魚の小骨のように突き刺さった。

『あれがエヴァンスを倒したっていう平民か……？』

『本当にあんなのが？　何かの間違いじゃない？』

『偶然ってこともあるじゃん。それか弱味を握ったとかさ』

『どうだろうな……エヴァンスってそんなに甘い奴じゃないと思うけど』

『昨日Bクラスの奴が決闘で大怪我を負ったらしいけど、それもあいつがやったんじゃないか？』

『本当の話……？　っていうか決闘で大怪我ってどういうこと？』

廊下を歩いているだけで、周囲の視線はアルへと集まっていた。

彼が成し遂げたことがどれだけの偉業だったか、この周囲の評価がすべてを表している。

中にはその事実自体を信じず、よからぬ噂を流している者も存在するが、あの決闘自体あまりにも観客が多すぎた。

彼らの認識した物を誤魔化(ごまか)すのは、現状では不可能と言えるだろう。

アルは全力のエヴァンスを、真正面から降(くだ)したのだ。

「あの程度の男を倒したくらいでこの注目度とは……人間は皆大袈裟だな」

ゼナと共に廊下を歩いていたアルは、居心地悪そうに言葉を漏らした。

「そうですね……ただ、ここまで注目される理由は別にあるかもしれません」

「別？」

「はい。近々〝クラス間決闘〟が解禁されるので、イレギュラーな存在には注目しておかなければならないんでしょう」

「……何だそれは」

「……アル様、ベルフェが泣きますよ？　先ほどの授業で説明していたじゃないですか」

　そうだっただろうかとアルは首を傾げるが、実のところ確かにベルフェはクラス間決闘についての説明をすでに終えていた。

　アル自身がメルトラやブレインに対して抱いた違和感について考え過ぎて、授業が頭に入っていなかっただけである。

「今一度説明を頼む」

「もうっ！　……いいですか？　まずクラス間決闘というのは、その名の通りクラス同士の決闘のことを指します。クラス同士のいざこざを解決するためだったり、何かを要求し合う際に行われ、場合によってはかなり厳密(げんみつ)なルールを用いて一つの大きなイベントとして行われることもあるのです」

「ほう……いざこざの解決というのは分かるのだが、その要求というのは何だ？」

「例を挙げるとすれば、クラス変更ですね」

「クラス変更？」

「例えばBクラスに対して、Cクラスがクラス変更をかけて対抗戦を挑むとします。この戦いでもしBクラスが負けてしまうと、BクラスとCクラスの間でメンバーの交換が行われます」

「何だと？」

「ただしCクラス側にもそれなりのリスクがあって、敗北してしまうと一つ下のクラスと入れ替わることになります。基本的に事なかれ主義が多い勇者学園の生徒は、あまりこの制度自体を使いません。上位のクラスになればなるほど家柄も良くなっていく傾向がありますしね。変に逆らうと問題になる可能性があるので」

「……待て、決闘を挑んで敗北すれば下のクラスと入れ替わることは分かった。ならばFクラスが上位クラスに挑んだ場合はどうなる。もう下のクラスはないぞ」

「その場合は簡単です。Fクラス全員が退学になる、それだけの話ですから」

「ああ……なるほどな」

Fクラスの落ちこぼれ共が反旗を翻すなんておこがましい。

這い上がるという考えすらも徹底的に砕き、屈服させる。

これでは確かにブレインがＦクラスを奴隷扱いするのも不思議な話ではない。

「……しかし、アル様の存在が広まったことで上位クラスの人間たちに危機感が生まれました。Ａクラスを倒せる存在がＦクラスにいるのであれば、Ｂクラス以下の自分たちは危険なのではないかと」

「それで必要以上に注目を浴びているわけか」

「おそらくは。これまで最底辺はＦクラスの人間が担当していたのに、下手をすれば自分たちが底に落ちることになるかもしれなくなったわけですからね。決闘制度において挑まれた側は断ることができませんし、不安に思っている人間は多いことでしょう」

上位のクラスは、下位のクラスよりも優れていて当然。

そんな考えが根強い勇者学園に、逃げるという道はない。

現に何度かあったクラス間決闘では、ＣがＤに挑んだ際も、ＢがＡに挑んだ際も、ＣとＡが圧勝していた。

クラスを交換するという制度に関しても、それが成立したという記録は一つとして存在しない。

その内クラス間決闘はまったくと言っていいほど行われなくなり、そこにあるだけの制度となってしまった。

「つまり、俺たちがAクラスに決闘を挑んでも、奴らは断れないということか」

「はい。ただ決闘のルールには大きな決まり事があって、まず挑んだ側が選出した人数に対し、挑まれた側はその人数以下の選出で決闘に臨まなければなりません」

「……？　基本的に全員で挑むわけではないのか？」

「クラスの中には、決闘を避けたいと思っている者もいますからね。決闘を挑む際は、まず参加者が二人以上であることが最低条件です」

「……待て、お前は挑まれた側は挑んだ側の人数以下で迎え撃たなければならないと言っていたが、もし二対一の状況になったらどうするんだ？　クラス交換したくても人数が合わないだろう」

「その状況はまずあり得ません。挑む側がクラス交換を望んでいる場合、勝利した時点で選出した人数分は必ず交換が行われます。もし二対一の決闘だったとしても、足りない分はクラスの中からランダムに一名選ばれて交換される羽目(はめ)になるそうです」

「なるほど、それならばあえて少ない人数で迎え撃つ必要もないのか」

「その通りです」

クラス間決闘についての知識をざっくりと手に入れたアルは、しばし考える。

アルがＡクラスに挑んだとして、おそらくアルとゼナだけで勝つことができるだろう。

そうすれば二人でＡクラスに通えるようになり、最終的な目標である主席で卒業という目的が一気に近づく。

問題は、Ａクラスに蹴落としたいと思える人間がいないこと。

いずれはＡクラスに上がるために誰かを蹴落とさなければならないのだが、アルしてはその相手も選びたい。

ちょうどいい相手としてエヴァンスがいるが、彼は現在自分の家に引きこもってしまい学園に来ていなかった。

様々な方向から様々な罵倒を受けているという噂がある以上、それを責めることはできないが、やはりあれだけタンカを切っていた以上情けなくはある。

それを聞いた上で追い打ちをかけるようなことはアルとしても気が引けるし、正直彼と同じくらい喧嘩を売ってきてくれる人間が現れるのを待つしかなかった。

「……まあ、そこまで焦る必要もないいか」

「はい？」

「しばらくはゆっくりするか。難しい話は後回しだ。どのみちクラス間決闘が解禁されるまでもうしばらくかかるのだろう？」

「そうですね。ではそれまでは私とベルフェの方で情報収集を行っておきましょう。先ほどのメルトラも含めて、Ａクラスの情報は多い方がいいと思いますので」

「ああ、頼む」

そんなことを話している間に、彼らは魔法演習場にたどり着いた。

これから始まる授業は、魔力コントロールの実践。

担当教師は、カリーナ・キャロン。

魔法を崇高なるものとして日夜研究に励む国家機関、〝魔法協議会〟に籍を置く優秀な魔法使いだ。

「今日の授業は、昨日伝えたように魔力コントロールの実践ザマス！　皆これを付けるザマス！」

癖の強い喋り方をする彼女は、アルたちに複数の魔道具を配る。

それには腕や足、腰回り、そして頭に装着するためのベルトがついていた。

「それは体に流れる魔力を感知して光を灯す魔道具ザマス！　手に魔力を強く流せ

ば、こうなるザマス！」

言葉の通りカリーナが手に魔力を流せば、手首の周りについた魔道具が光輝く。

「〝魔力強化〟は魔導士にとっても重要な技術ザマス！　魔導士はアホな剣士どもと違って、魔法研究に時間を取られるから肉体を鍛えている時間がないザマス！故に手っ取り早く体を強化できる技術を覚える必要があるザマス！」

（口調はともかくとして、言っていることはまともだな）

実際魔導士こそ肉体強化が必要な場面は多々あった。

魔法だけで戦おうとする者は、やがて選択肢を奪われ敗北する。

敵が詰めてきた時に距離を取る、いざという時に近接戦に移行する。

そして当然剣士のような近接戦闘職にも同じことが言えた。

近接戦しかできない者は、ただのカモでしかない。

だからこそ距離を詰めるための技術や、魔法を防ぐ手段、さらには魔力と斬撃を組み合わせて中距離程度なら攻撃手段を持つなど、とにかく工夫が必要なのである。

「まあFクラスのあなた方にはどうせできないでしょうけども、まあ精々頑張るザマス！」

「これでいいんですよね？」

「へ？」

カリーナの目の前で、ゼナは右手の甲の魔道具を光らせて見せた。

そして次は左手、頭、左足、右足、一つずつ順番に光らせていく。

そのリズムに淀(よど)みは一切なく、すべてスムーズに一定間隔で点灯させることに成功していた。

「まあこんなものですよね。もう少し魔道具の数を増やしてもいいくらいです」

「ま、まあ、あなたは四大貴族の一角であるフェンリス家の人間ですしぃ？　それくらいできて当然ではあるザマスけど？」

「そうですね。隣の彼にもできるみたいですし、私にできない訳がありませんよね」

「と、隣？」

ゼナが指し示した先。

そこに立っていたアルは、ゼナよりも速い速度で魔道具を点灯させていた。

それも、涼しい顔で。

「ザマス⁉」

「まあ確かにある程度のコツは必要だな。お前、カリーナと言ったか。俺やゼナのことはいい。ただ俺たち以外の人間には、ちゃんと指導してやってくれ。それが教師の役目だろう？」

「は、はひ……」

カリーナは理解してしまった。

アルは体内で魔力をめちゃくちゃにかき乱しているわけではなく、ちゃんと自分の意思で光らせる部分を決めて動かしているということを。

この点灯速度は、カリーナですら遠く及ばない。

（さすがアル様、傲慢（ごうまん）な教師ですら屈服させてしまうとは）

主の活躍は下僕の喜び。

すでに周りを圧倒しつつあるアルの存在感を前にして、ゼナは満面の笑みを見せた。

「帰りましょう、アル様」

「ああ、そうだな」

この日の授業もすべて終わり、二人は支度を終えて学園を後にする。

二人は毎日馬車にて登下校を行っていた。

運転手はもちろんセバス。

毎日決まった時間通りにセバスは校門前に現れ、二人を乗せて屋敷まで帰る。

今日も普段と同じく二人を乗せて、馬車は屋敷へと出発した。

「……」

ガタガタと揺れる荷台の中、アルはずっと備え付けの窓から外の様子を見ていた。

その日に特に何かが映っているということはない。

強いて言うならば、映るはずの者すらも映っていなかった。

「ゼナ」

「はい」

「気づいているか?」

「もちろん。私たちはすでに、何者からか攻撃を受けています」

「ああ……どうやらすでに誘い込まれてしまったらしい」

先ほどから、アルの目には街の住人が一人も映っていなかった。

元々通学のために人通りの多い道は通らないものの、それにしてもという話である。

「そろそろ来るか」

「ええ、そのようですね」

馬の足音と、馬車の車輪が回る音。

それとは別に、二人の耳は何かが空気を切る音を捉えていた。

「セバス、頭を下げなさい」

「え？　あ、はい――」

ゼナは運転手側の小さな窓を開き、何も気づかず馬車を運転しているセバスにそう指示を出す。

そして指示通りセバスが頭を下げた次の瞬間。

馬車の荷台の半分から上が、突如として吹き飛んだ。

「ひ、ひぇ⁉」

セバスの悲鳴と共に、馬車が止まる。

彼の首があった位置。

丁度そのラインに合わせて、荷台は吹き飛んでいた。

もしもセバスが顔を上げたまま走行していれば、おそらくその首ごと吹き飛んでしまっていたことだろう。

馬車の中で身を低くしていたアルとゼナは、体を起こして荷台の断面図へ視線を落とした。

「あら、ワイヤーのようなもので切断されたと思っていたのですが、それにしては切断面が荒いですね」

「ふむ……」

アルは視界が開けたことをいいことに、荷台に乗ったまま周囲を見渡す。

すると近くにあった他人の屋敷の屋根に、黒いローブを身に纏った男が立っていることに気づいた。

「どうやら探す手間はいらないらしい」

「あの方ですか、私の家の馬車を台無しにしたのは」

二人が見ていることに気づいた男は、屋根から飛び降りてゆっくりと歩み寄ってくる。

そして十メートルほどの距離まで近づいたところで、彼はその足を止めた。

「……まさか、今の一撃を避けられるとは思っていなかったぞ」

「あれだけ露骨に人除けが行われていれば、嫌でも警戒する。お前は何者だ？」

「これから死に逝く貴様らに名乗る名はない」

男が腕を振る。

すると彼から放たれた何かが、地面を抉りながら二人に迫ってきた。

「アル様、ここは私に任せていただいても？」

「ああ、頼んだ」

アルはそう言いながら、数歩下がる。

「これを出すのも久しぶりですね……おいでなさい、〝黒の棺桶〟」

ゼナが目の前に手をかざす。

すると魔法陣が地面に広がり、そこから黒い何かが現れた。

男が放った攻撃はその黒い何かに弾かれ、甲高い金属音を響かせる。

「ッ⁉」

「ここは学園外ですし、遠慮は必要ありませんよね？」

彼女が出現させた黒い物体に、十字架が浮かび上がる。

その模様のおかげで、男はこの黒い物体はとある物に極めて近い形をしていることに気づいた。

「棺桶……？」

「ええ、その通り。これは私の愛用している棺桶です」

「ふっ、貴様はヴァンパイアか何かか？」

「うーん……そういうわけではないのですが」

そう言いながら、ゼナは横目でアルとセバスの姿を確認する。

「セバス、そのままアル様を乗せて屋敷まで戻りなさい。まだ馬車は動くでしょう？」

「し、しかし！　ゼナ様を残して去るわけには――」

「いいから、行きなさい」

「うっ……」

セバスは忠実なる使用人。

主人の指示には絶対服従というのが彼の信念である。

しかし、あからさまに命を狙われている状況に、主人を置いていくことこそ不義理ではないだろうか。

そんな葛藤（かっとう）が頭の中に渦巻く中、セバスの思考は突如として途切れる。

そして意識を失い、後ろに倒れそうになる彼をアルが支えた。

「セバスは俺が安全なところまで連れて行こう。改めて、ここはお前に任せる。たまにはお前も暴れたいだろう」

「ふふっ、やはりアル様は私のことを分かってくださっていますね。はい、たまには私にも暴れさせてくださいませ」

「分かった」

アルはセバスを担ぎ、馬車の荷台へと乗せる。

そして運転席へと移動すると、馬の手綱を握った。

（……どうやって動かすんだ？）

アルは見様見真似で、椅子の上に放置されていた鞭で馬の尻を優しく叩く。

すると馬はゆっくりと歩き出し、馬車はトボトボと進みだした。

「ううっ……アル様にお尻を叩いていただけるなんて……あの馬が羨ましいですっ」

「何やら危機感が足りないようだが……このまま俺が奴らを逃がすと思うか？」

「逆に問いますが、何かさせると思いますか？」

「……っ！」

ゼナの放つ圧で、男は動きを止めた。

今彼女を無視して遠ざかる馬車を攻撃するのは、あまりにも悪手。

少なくとも、男は目の前の少女を片手間で倒せる相手ではないと判断した。

「……仕方ない。今は貴様に集中するとしよう。さっさと貴様を片付け、奴は後でゆっくりと調理する」

「捕らぬ狸の皮算用というものですね」

「何？」

「貴方は決してこの先に行くことはありません。ええ、決して」

ゼナは微笑みを浮かべながら、自分の隣にいまだ鎮座（ちんざ）している黒い棺桶をそっと撫でた。

その直後、彼女は棺桶の背後に隠れる。

すると棺桶の表面に、再び男の放った何かしらの攻撃が命中した。

「油断も隙もありませんね。レディがまだ話している途中だというのに」

「悪いが、こちらも仕事でな」

「っ……」

風を切る音が、ゼナの耳に届く。

それは馬車の中から聞こえた微かな音とよく似ていた。

ゼナは地を蹴り、棺桶の上に手をつく。

そしてそのまま腕を使って宙へ舞うと、それまで彼女がいた地面が深く抉れた。

それもかなりの広範囲ごと。

（……決して弱くはありませんね）

ゼナは棺桶の上に着地し、男を見下ろす。

「アル様を消すために雇われた殺し屋——と言ったところでしょうか。一体誰がそんな不届きなことを？」

「答えると思うか？」

「そうですね……では、答えさせましょう」

ゼナが地面に降り立つ。

その隙を狙い、男は腕を振った。

ガリガリと地面を削りながら襲い掛かる不可視の何か。

ゼナはその〝何か〟を、片手で摑み取った。

「っ！」

「まあ、こんな物だろうと思いましたが」

ゼナが摑んだそれは、半透明の〝鎖〟だった。

棺桶で防いだ際の金属音、そしてワイヤーほどの鋭利さのない断面図、細く抉れた地面。

すべては高速で迫りくる鎖が生み出した物だった。

「さて、種は割れたわけですが……どうします？　今尻尾を巻いて逃げるのであれば、見逃して差し上げましょう」

「……俺の鎖を見破った者は、貴様で二人目だ。この屈辱、晴らさずに帰れるか！」

男の手の平から、無数の鎖が飛び出した。

そして男がそのまま腕を振れば、鎖は鞭のようにうなりを上げながらゼナへと迫る。

「〝魔力障壁〟」

ゼナは魔力でできた障壁を展開し、鎖を受け止める。

甲高い金属音と共に、鎖が弾かれた。

しかし次の瞬間、突如として地面から飛び出してきた鎖が、ゼナの体を拘束する。

「あら？」

「俺の能力は、〝鎖魔法（チェーンマジック）〟。魔力によって生み出した鎖を自由自在に操れる。地面に潜ませれば、こうして簡単に敵を拘束することも可能だ」

「便利そうな魔法ですこと」

「ふっ、強がっている場合か？　ずいぶんとそそる格好になっているが」

ゼナの胴体にまとわりついた鎖は、彼女の豊かな胸を強調していた。

そんな自分の体を見下ろしたゼナは、深いため息を吐く。

「はぁ……これならアル様に残っていただくんでした。どうせ男性の前でこんな姿を晒すなら、アル様にも見ていただきたかったのに」

「何をごちゃごちゃと……貴様はもう終わりだ！」

男が鎖を引く。

するとゼナの体を縛っている鎖が一気に絞られ、その肉体を強く締め付けた。

「このまま抉り潰す！」

「……はぁ」

肌に触れた鎖が強く引っ張られたことで、ゼナの体が抉れていく。

そうして彼女の体は、瞬く間にずたずたに引き裂かれてしまった。

「ふっ……たわいもない」

「確かに、これで死ぬような相手がターゲットなら、ずいぶんと楽な仕事だったでしょうね」

「なっ……⁉」

男が振り返る。

するとそこには、無傷のゼナが立っていた。

「身代わりを作るのって、意外と簡単なんですよ？　特に自分の勝ちパターンに持ち込んだと思い込んでいるような相手に対しては」

「身代わり……⁉」

彼は自分が引き裂いたはずの死体へと視線を向ける。

しかしそこにあったのは、泥の塊だった。

「〝スワンプマン〟。私には魔法の才能はありませんが、その程度なら土魔法で簡単に作れます」

「す、〝スワンプマン〟だと……⁉」

男の背筋に寒気が走る。

スワンプマンとは、泥を用いて自分とまったく同じ存在を作り出す分身魔法。

生み出された分身のクオリティは他のどんな分身魔法よりも高く、耐久力もあり、魔力を探ったとしてもボロが出ない。

男が知っている範囲で、この魔法を使える人間は国王直属の宮廷魔導士くらいのものだった。

　それを二十歳にも満たない少女が扱える。

　決して才能という言葉では片付けられない、人の理を外れた偉業だった。

「そう言えば、一つ思い出したんです。貴族お抱えの殺し屋の話」

「っ……」

「私の仲間には情報収集が得意な男がいましてね。あまり頼りたいとは思いませんが……そんな彼から聞いた話だと、確か――〝チェーンキラー〟、でしたっけ」

「っ……俺の正体まで知っているとあらば、増々生かしてはおけん！」

「あまり吠えない方がよろしいかと。ただただみっともなくなるだけですから」

　ゼナは、先ほどからただそこにあるだけの黒い棺桶の蓋を小突く。

　すると蓋はゆっくりと前に倒れ、中から黒い瘴気が溢れ出した。

「ッ⁉」

　チェーンキラーの背中に、強烈な寒気が走った。

　脳のもっとも深いところが警鐘を鳴らし、体に逃げろと命令を送り始める。

　しかし、指の一本でも動かせば、瞬時に自分の首が飛ぶという謎の予感があった。

　その予感が正しいかどうかは関係ない。

問題は彼がその予感に従ってしまったこと。

そのたった一つの行動が、この先に待ち受ける彼の運命を決定づけた。

「来なさい、〝悪魔処女の大剣（シュヴェルトディモン・メイデン）〟」

声に反応し棺桶の中から、剣の柄が伸びる。

ゼナがそれを力強く引き抜くと、明らかに棺桶の中に納まるはずのない武骨な大剣が現れた。

自身の体よりも二回りは大きい剣を、ゼナは軽々と振り回し肩に担ぐ。

「アル様は私に暴れる許可をくださいました。ということは、これも使っていいってことですよね？　だって、この子も血を吸いたいとずっと叫び続けていたんですもの」

「な、なんだ……それは……」

「さあ？　何でしょうね」

「ッ――」

ゼナが剣を振り下ろす。

チェーンキラーは、それにまったく反応できない。

目が乾くほどの突風を感じた次の瞬間、彼の左腕は宙を舞っていた。

「――ッ!? ぐあぁぁあああ!?」

「ふふっ、ふふふふふ! やはり人間の悲鳴は心地がいいですねっ! アル様からもベルフェからも悪い癖だと叱られましたが、こればかりは辞められません」

「う、うぉぉ」

夥しい量の血液が地面に滴り落ちる。

チェーンキラーはとっさに残った右手から鎖を出現させ、左腕の断面に巻き付けて止血を施した。

彼の体が恐怖で震える。

今の一撃。

もしも彼女がチェーンキラーの頭目掛けて振り下ろしていれば、その体は今頃真っ二つになっていたことだろう。

彼が腕一本の犠牲で今も生きているのは、ゼナの気まぐれでしかない。

何故、彼女が〝壊楽のゼナ〟と呼ばれているのか。

その理由は、彼女の戦い方そのものにあった。

魔法にはほとんど頼らず、己の体術や、そのトレードマークとも言える大剣を振り回すことで、敵を完膚なきまでに〝破壊する〟。

そしてその破壊を、とことん楽しむのだ。

故に、〝壊楽〟。

「久しぶりにこの破壊衝動を解放できるのです。もう少しだけ、死なないで頂けますか？」

「ひっ……⁉」

ゼナが大剣を振りかぶる。

恐怖に顔を歪めたチェーンキラーは、鎖を真後ろに伸ばして近くの民家に巻き付ける。

そして先ほどゼナの体を引き裂こうとした時のように、強い力で自分を引っ張った。

そうすることで彼の体は一気に民家に引き寄せられ、ゼナと距離を取ることに成功——するはずだった。

「あら？　自分から襲い掛かってきたのに、尻尾を巻いて逃げるんですか？　まさかそれが許されるだなんて思っていませんよね？」

「なっ……⁉」

トップスピードでその場から離脱したはずのチェーンキラーに、ゼナは追いついた。

そして彼の頼みの綱である鎖を、その大剣で切断する。

引っ張る力がなくなった彼は、そのまま地面に全身を強く叩きつけてしまった。

「ぐあっ！」

「チェーンキラー、殺害人数五十人強。手口として、まず殺害現場に簡単な結界魔法を用いて人払いをし、ターゲットを誘い込む。以降の詳細は不明。何故ならば常に目撃者はおらず、依頼内容によって殺害方法を変えるから。チェーンキラーと呼ばれるようになったのは、とある貴族の依頼で国外から参入した商人たちを立て続けに殺害したことが由来」

「っ……」

「さすがベルフェ、よく調べられています。……本人には決して伝えませんが」

立ち上がろうにも、チェーンキラーにはもう体を起こすだけの力が残っていない。

それでも彼は、ゼナから少しでも離れるために地面を這いずる。

抗えない死から、少しでも遠ざかるために——。

（生き延びるのだ……！　この場を離れて……あの女の視界から逃れるのだ！　そうすればまた……また人を殺せる！）

「哀れですね、本当に」

「がっ――」

ゼナがチェーンキラーを蹴り上げると、彼の体は黒い棺桶の近くにまで戻される。今の一撃だけで、チェーンキラーの鎖骨から胸骨までの骨が折れてしまった。息が吸えなくなるほどの激痛。

もはや彼は這いずることすらできない。

「さて、そろそろ終わらせましょうか」

「く、来るな……」

「アル様は殺生は好みませんが、貴方のように無差別に人を殺して喜ぶような輩が相手では話が別です」

「お……俺が人を殺すのは仕事だからで――」

「違いますよね？　貴方のターゲットはアル様か私。私たちの乗る馬車を運転していたセバスは関係ありません。しかし貴方は彼の首まで刎ねようとした。口封じは必要なことかもしれませんが、貴方が優秀な殺し屋なのであれば、私たちだけを狙うことだってできたはずなんです」

「ぐっ……」

「貴方は彼の首が飛ぶところを見たかった。そうですよね？」

「くっ、くはははっ！　そうだ！　そうだよ！　俺は人を殺すのが好きだ！　だからこの仕事をやっている！　貴様も……貴様も！　俺がバラバラにして殺すはずだったのにッ！」

「残念、それはもう叶いませんね」

ゼナはチェーンキラーの襟首を鷲掴み、持ち上げる。

そしてそのまま藻掻くことすらできない彼の体を、開きっぱなしの棺桶の方へと引きずっていった。

「アル様が私に仕事を任せてくださる時……それは敵を確実に処理する必要がある時です。つまり、貴方をここから生かして帰すことはありません」

「は、離せ！」

「実はこの棺桶には、私の親友が眠っているのです。彼女は生前は人形遊びが大好きでして……今でも人形を投げ込むと、楽しそうに遊び始めるのですよ」

「⁉　ま、まさか……！」

「ふふっ、お気づきになられました？　そう、投げ込む人形とは、貴方のような人間のことですよ」

棺桶の中から、ガラガラと何かが動く音が聞こえてくる。

そしてゆっくりと、漆黒の闇の中から、巨大な白い骨の手が伸びてきた。

その手は何かを求めるように、ゼナの前でゆらゆらと動く。

「お人形をプレゼントしてあげると、彼女はお礼に壊れたお人形のパーツを使って私が扱えるような道具を作ってくれるんです。それがこの〝悪魔処女の大剣（シュヴェルトディモン・メイデン）〟だったりするのですが……まあ、この話は今の貴方には必要ないでしょう。どうせもう、意識を残した貴方と再会することは決してないのですから」

「や……やめろ……！」

「それでは、私の親友をどうか楽しませてあげてくださいねっ」

ゼナは、棺桶の方へとチェーンキラーの体を放る。

すると闇から伸びていた腕が彼の体を鷲掴み、棺桶の中へと引きずり込んだ。

「いやだ……！　いやだぁぁぁあああああ！」

「さようなら、哀れな殺し屋さん」

恐怖に染まった悲鳴を残して、棺桶の蓋はひとりでにゆっくりと閉まる。

そして再び地面に魔法陣が広がると、棺桶はその中に吸い込まれていった。

「……さて、アル様の下に帰りましょう」

第六話：魔王、デートする

「か……がっ……な、何で……」

「……」

その〝少女〟は、ハイライトのない目で悶え苦しむ制服姿の少年を見ていた。

彼女の手には、一本の剣。

その刃からは血が滴り落ち、地面を赤く汚していた。

「──ふむ、やはり戦闘センスは桁違い。適合率は間違いなくこの子が一番高い、と」

「ブレイン……先生？」

「すみませんね、痛い思いをさせてしまって。しかしBクラス程度の器でしかないあなたでも、私の研究に役立てるのです。むしろ礼を言っていただきたいですね」

「ふ……ふざけ」

「ああ、もうあなたも用済みです。記憶の削除を行わせていただきます」

「えっ、が……⁉　あああああああぁぁぁぁあああ！」

ブレインが少年に手をかざすと、彼は絶叫と共に気絶する。

その様子は確かに視界に入っているはずなのに、〝少女〟は微動だにしない。

さながら、魂が抜け落ちてしまった後のように。

「もう調整はいいでしょう。これならば間違いなくあの平民に勝つことができます」

「……」

「今日はあなたもゆっくり休みなさい」

「……」

〝少女〟は誰もいない決闘場から、フラフラとした足取りで出て行く。

残ったブレインは手元の研究資料に目を落としながら、小さく息を吐いた。

「チェーンキラーは役に立ちませんでしたし、やはり最後に頼れるのは己の研究のみですね……」

研究資料には、ブレインが実験台にした〝少女〟の名前が記されていた。

彼はそれを指で撫で、口角を吊り上げる。

「我が学園にあのような男は必要ない。徹底的に……潰して差し上げましょう」

「あれ、今日は君だけなの？」

「ああ、ゼナは今ベルフェ——先生の手伝いに出ている」

「ふーん、そうなんだ」

突然メルトラから話しかけられたアルは、元から示し合わせていた事情を口にした。

勇者学園の学食。

様々なメニューが取り揃えられたその場所では、昼休みのみ自由に食事を取ることができる。

アルもゼナも普段からこの食堂で食事を取っており、そういう面から彼女がいないことは不自然と言えた。

ゼナがいない理由は、ベルフェに協力を頼まれたからである。

もちろん学業に関わることではない。

アルはベルフェより詳しいことは調査が終わり次第伝えると言われており、今のところは何も知らないでいた。

主人に隠し事をするベルフェは下僕としては失格かもしれないが、当の主であるアルがそれを許している以上、文句を言う者は誰一人として存在しない。

「ねぇ、じゃあお昼一緒に食べてもいい？」

「ん？　ああ、構わない」

「ありがとう。ここ失礼するね？」

そう言いながら、メルトラはアルの対面に座る。

たったそれだけのことで、周囲にいた一年生たちはざわついた。

『おい、エヴァンスを倒した平民とメルトラが一緒にいるぞ……⁉』

『まさかあの平民、メルトラまで手にかけるつもりなんじゃ』

『しかもあいつ普段からゼナと一緒にいるぞ⁉　一体何がしてぇんだよ……』

飛び交う憶測の中心で、アルは大好物のハンバーグを口一杯に頬張る。

普通の人間であれば居心地が悪くなる空間でも、彼の堂々とした態度は決して揺るがない。

黙々と食事を進めるアルを見つめていたメルトラは、何故か嬉しそうに笑った。

「アルってすごいね」

「ん？　ふぁひがだ？」

「すごく堂々と生きている感じがしてさ。自信に溢れているっていうか……何だか羨ましいなーって」

「自信……か」

そんなことはないんだけどな――。

アルは頭の中でそう思う。

彼自身、配下たちとの付き合い方をずっと悩んできた。

自分が何を成すべきなのか分からないままにただ生きていた彼にとって、自分が慕われているのは当然のことではなかったのだ。

しかし最近の彼は、その考えを少し吹っ切ったのである。

配下が自分を慕って転生までしてついてきた。

自分はその忠誠心に相応しい存在であるように努力する。

そのためにも、小さなことで動揺などしていられなかった。

「ふっ、俺は何も分かっていないだけだ。考えることは俺の役目ではないからな」

「……キメ顔で言っているところ申し訳ないんだけど、それってちょっとカッコ悪いよ？」

「何だと？　ゼナはこのスタンスでいいと言ってくれたのだが……」

「えー……？　そう言えば、君とゼナってどういう関係なの？　まさか恋人とか⁉」

「いや、主とその配下だ」

「もっと重くない⁉」

そうだろうか？　とアルは首を傾げる。

恋人や夫婦の概念は、さすがの彼でも分かる。

見ず知らずの他人を好きになって一生分生活を共にするだなんて、アルとしてはそちらの方が難しいように聞こえていた。

「……そう言えば俺も気になっていたのだが」

「ん？」

「メルトラは、どうして男子の制服を着てるんだ？」

「あー……これね」

メルトラは自分の制服に視線を落とし、苦笑いを浮かべる。

「好きで着ているっていうのは……ちょっと違うんだけど。なんだかしっくり来ないんだよね」

「？」

「スカートが合わなくてさ……女の子の服を着てると、不思議と恥ずかしいって気持ちになっちゃうんだよね」

「そうなのか」

「……おかしいって、思わないの？」

「ん？」

「いや、学園に入ってから皆ボクのことを訝しげな目で見てきたからさ……君もやっぱり変って思うんじゃないかって」

「別に誰がどんな格好をしてようが構わないだろう。格好も行動も、すべてはその人間の自由だ。お前が女用の服を着たくないと言うのなら、別にそれでいいんじゃないか？　何が悪いのか俺にはまったく分からん」

「……ありがとう」

「その礼は何に対してだ？」

「ふふ、色々かな。やっぱり君は面白いね」

メルトラは自分の昼食であるサンドウィッチを口に詰めて飲み込んだ後、席から立ち上がった。

「ねぇ、アル。今日放課後って空いてたりしない？」

「空いてるが……」

「じゃあさ、ボクとデートしようよ」

「でーと？」

「うん、ちょっと息抜きに付き合ってほしくてさ。商店街の辺りを一緒に歩こうよ」

「よく分からないが……特にやることもないし、付き合おうか」

「やった！　じゃあ放課後は校門前で待ち合わせね！」

パッと花が咲くような笑みを浮かべたメルトラは、手を振ってアルの下から去って行く。

「……待て、メルトラ」

そんな彼女を、アルは呼び止めた。

「ん？　どうしたの？」

「お前、どうして……」

彼が一つの疑問を投げようとしたその時。

メルトラの背後に現れた男が、それを遮った。

「探しましたよ、メルトラ」

「あ、ブレイン先生……」

「選ばれしAクラスの人間と掃き溜めのFクラスの人間では住む世界が違うのです。気軽に話すのはやめなさい」

「で、でも……」

「いいから、あなたはこちらへ」

肩を引っ張られ、メルトラはブレインと共に食堂の出入口へと向かう。

彼女は最後に申し訳なさそうにアルに手を合わせ、外の廊下へと消えていった。

「……まあ、後でもいいか」

アルはその様子を見送った後、まだ残っているハンバーグを口に入れた。

彼の中に、デートが何かという知識はない。

故に聞き耳を立てていた周りの生徒たちが酷く衝撃を受けたような顔をしている理由が、まったく理解できなかった——。

そして、何事もなく時間は過ぎ放課後。

ゼナとベルフェからの連絡が今のところ来ていないアルは、そのまま約束通り校門前を訪れた。

「アル！」

「すまない、待たせたか」

「ううん、大丈夫」

約束通り校門の前で待っていたメルトラと合流したアルは、そのままの足で城下町にある商店街の方へと歩き出す。

そんな彼らとすれ違った通行人たちは、皆一度は振り返った。

メルトラは四大貴族であるエルスノウ家の娘。

この街の中ではかなりの有名人であり、そんな彼女と一緒に歩いているアルが注目を浴びてしまうのは、ある意味仕方ないことだと言えた。

「そう言えばアルって、ハンバーグが好きなの？」

「ああ。辺境の村にいる母がよく作ってくれてな。それからずっと俺の大好物だ」

「へぇ。じゃあさ、じゃあさ。メンチカツって知ってる？」

「ん？　何だそれは」

「ハンバーグに凄く近い物みたいなんだけど、ボクも詳しいことは知らないんだ。だから一緒に食べにいかない？」

「よし、行こう」

「ははは、アルは素直でいいね」

そうして二人は、商店街に新しくできた揚げ物の店へと向かう。

新しい物にはやはり人が集まるようで、彼らがついた頃にはそれなりの行列ができていた。

「少し並ぶことになりそうだけど、大丈夫？」

「暇だからな、別に構わない。金もゼナからたんまりともらっている」

「え!?　主従関係って言ってたよね……？　従者からお金をもらってるの？」

「ああ、別にいらないと言ったのだが、自分がいない間に何かあったら大変だと、無理やり押し付けられたんだ」

「あ、ああ……君がお金を要求したんじゃないんだね」

「ゼナはやたらと過保護でな。確かに辺境育ちの俺は都会の常識を知らないが、それでも普通に生きていくことくらいはできるというのに……」

いや、できない。

彼は市場の相場も理解していないし、都会の常識どころか一般常識も薄い。

魔王アルドノアだからこそ溢れんばかりの生命力で生きていくことはできるが、下手すれば力の加減が分からずごろつきに絡まれた弾みに街を焦土に変えてしまってもおかしくなかったのだ。

街に出る前にゼナが彼を〝回収〟できたおかげで大きな問題は起きなかったものの、いまだに彼の配下二人は自分たちが主人と巡り合えなかった時のことを想像して冷や汗を流す。

「じゃあお金の心配はないってことで……改めて並ぼうか」

「ああ」

二人して店の前にできた列に並ぶこと十分ほど。

ようやく彼らの番がやってきて、注文ができるようになった。

「いらっしゃいませ！　ご注文は？」

「えっと……メンチカツ？　を二つください」

「メンチカツ二つですね？　かしこまりました！」

忙しいはずなのに笑顔を絶やさない女性店員が、二人の注文を奥の調理場に伝える。

するとじゅわぁという油の音が聞こえ、芳ばしい匂いが漂ってきた。

「おお、いい匂いだな」

「ねっ！　これは期待できるなぁ」

そうして店員の女性が持ってきたのは、きつね色に揚がった丸い塊だった。

紙袋に包まれたそれを受け取ったアルとメルトラは、店の前から一度離れる。

そして近くにあった噴水広場のベンチに腰掛け、二人はそろってメンチカツに口をつけた。

「あ、美味しい！」

「……」

「アル、これすごく美味し――」

「もう一つ買ってくる。メルトラ、ここで待っていてくれ」

「食べるの速すぎない⁉」

その後、アルは再び列に並び直し、新たにメンチカツを三つ購入して腹に納めた。

その行動を呆然と眺めていたメルトラだったが、ベンチの上で満足そうに腹を擦(さす)る彼の姿を見て自然と笑みをこぼす。

「君はやっぱり、とても自由なんだね」

「ん？」

「君なら、何者にも縛られずどこまでも飛んで行けるんじゃないかな」

「……」

そんな言葉を口にしたメルトラの表情を見て、アルは首を傾げた。

彼女はいまだ微笑みを浮かべている。

しかし、その微笑み自体が、どこか切なさや諦めを含んだものに見えたのだ。

「何か悩みごとか？」

「え？」

「ずっと何か言いたいことがあるのに、それを言えないでいるように見えた。言いたくないのであればそれはそれで構わないが、聞くことくらいはできるかもしれないぞ」

「……アルって、こういうところは鋭いんだね」

メルトラは一度アルから視線を離し、自分の足元を見た。

揺れる自分のつま先を眺めながら、メルトラはしばらくの間口を閉じる。

彼女は頭の中を整理していた。

どう話すべきか、やがてそれがまとまった頃、彼女は再び口を開く。

「お父様とお母様からね、こんな格好やめろってずっと言われてるんだ」

「男用の制服に対してか」

「うん……別にさ、着れないことはないんだよ。本当に。ただ恥ずかしいだけで、どうしても着たくないとか、そんなんじゃないんだ」

メルトラは自分のズボンの布を摘まむ。

そしてまるでスカートの裾をひらひらと揺らすように、摘まんだ布をゆらゆらと揺らした。

「でも最近になってこの格好も気に入ってきてさ。増々スカートを履く意味がなくなってきちゃって……昨日、お父様とお母様と本気で喧嘩した。どうして分かってくれないんだって怒鳴って、その後は自分の部屋にこもっちゃった。朝起きたら、二人とも口を利いてくれなくなってたよ」

メルトラは笑う。

しかしその笑い声はどう聞いても乾いており、空元気であることは明らかだった。

「ボクはボクでいたいだけなんだ。別に貴族じゃなくなったっていい。ボクは自分らしく生きて、自分らしく死にたい。それって……何かおかしいかなぁ?」

「……メルトラ」

メルトラはベンチから立ち上がり、空を仰いだ。

その姿を横から見ていたアルの頭の中で、やはり〝彼〟と彼女の姿が重なる。

勇者レイド。

もしかすると彼も、本当は自分らしく生きて、そして死にたかったのかもしれない。

彼と彼女は、やはりどこか似ていた。

「——何もおかしいことなんてないと思うぞ」

「え？」

「貫(つらぬ)ける〝自分〟があるなら、貫いたらいい。自分が何をしたいのかすら分からないまま自堕落に生きるよりは、よっぽどマシだ」

アルはいまだに、生まれた理由を探している。

自分というものがまだ弱い彼からすれば、メルトラの考え方はどことなく羨ましいとすら思えるほどだった。

「なあ、メルトラ。俺とお前はもう友達か？」

「へ⁉　え、ああ、うん……友達かな？　こうやって放課後一緒に遊んでるし

「……」

「じゃあ、どうしようもなくなった時は俺を呼べ。俺がお前を助けてやる」

「……っ」

アルの言葉に他意はない。

彼にとっては当たり前のこと。

しかしその何気なく放たれた言葉は、今のメルトラにもっとも必要なものだった。

「……アルって、何かかっこいいね」

「ん？」

「意外と俺様系だし、恥ずかしいセリフもさらっと言えちゃうし……ねぇ、アル？」

メルトラは改めて自分の服装に目を落とした後、アルへと視線を戻した。

「ボクって、スカート似合うと思う？」

「そういう感覚はよく分からないが……似合うんじゃないか？　お前の見た目は整っていると思う。そういう人間はどんな格好をしてもそれなりに似合うものだ」

「そっか……じゃあもう少し付き合ってよ。今はちょっと可愛い格好をしたい気分なんだよね」

「ああ、いいぞ。暇だし」

アルは立ち上がり、メルトラの後ろについて歩き出す。

彼女が向かった先は、女性物の服を多く取り扱っている大衆向けの店だった。

何も考えずアルがメルトラについて店の中に入ろうとすると、彼女はそれを手で制す。

「選んでるところとか、恥ずかしいから見せたくないっ。申し訳ないんだけど、店の外で待っててくれる？」

「まあ、構わないが」

「じゃあ待ってて！　すぐ選んでくるから！」

「……」

何が恥ずかしいんだろうか――。

そう考えてしまう以上、アルにはまだ女心は難しいようだ。

店の外で待つこと数分。

アルはその間、空に流れてくる雲を色んな料理に例えていた。

そしてちょうど新しい雲が流れて来なくなった時、彼はふと気づく。

店内にあったはずのメルトラの気配が、なくなっていることに。

「……？」

何かがおかしいと気付いたアルは、メルトラの要望を無視して店内に入る。

中はやけに静かで、メルトラどころか他の客の気配もなかった。

さらに奥に進んでいくと、彼は会計カウンターの側に店員らしき女性が倒れていることに気づく。

「……おい、大丈夫か？」

「うう……」

「気絶させられているだけか……」

店員の体に外傷はない。

どうやら強い魔力を流し込まれ、元から持っている自分の魔力をかき乱されたことが原因で意識を失っていたようだ。

「メルトラ？」

周囲を見渡しても、やはりメルトラの姿はない。

その代わりと言っては何だが、アルの視界の先で、裏口の扉が開いていた。

人が出て行った形跡（けいせき）がある。

少なくとも、この状況ではメルトラがその裏口を使って外に出たとしか思えない。

「……」

アルは店員が無事であることを確認した後で、裏口の方へと向かう。

出た先は裏路地になっているようで、もう夕方に差し掛かった現在時刻だとかなり薄暗い。

人気（ひとけ）もなく、どこか不気味な道を進んでいけば、アルの鼻にとある匂いが入り込んだ。

それは——むせ返るような血の臭い。

一つ先の曲がり角、その先に匂いの出所があると、アルは確信した。

アルは迷うことなく、その曲がり角を覗き込む。

そこには、黒いローブを身に纏った三人の男たちが倒れていた。

彼らからは夥（おびただ）しい量の血液が流れ出しており、すでに絶命しているように見える。

そしてそんな彼らの上に、〝彼女〟は立っていた。

「……おい、そこで何してるんだ」

「あ……アル」

「メルトラ、そこの男たちは——」

メルトラが振り返る。

彼女は制服姿ではなく、清楚な白いワンピースを身に纏っていた。

おそらく店の中で選んだ服なのだろう。

しかしその新品だったはずのワンピースは、赤黒い返り血で染まっていた。

そして彼女の手の中には、血が滴る武骨な剣が握られている。

「アル、待たせてごめんね？　結局この服にしてみたんだけど、やっぱりちょっと恥ずかしいかも……似合ってるかな？　君が気に入ってくれたなら、もう少し着ていてもいいかなーって思うんだけど……」

「お前は……何を言っているんだ？」

「何って、服を選んだんだよ？　感想くらい言っても罰は当たらないと思うなー」

「その下に転がっている人間たちは何だ。どうしてお前は血に濡れている」

「下に転がっている……？　血……？　ああ、この人たちは突然ボクに襲い掛かってきたから……あれ？」

頭を押さえ、メルトラはよろめく。

それを見たアルは、困惑していた。

もちろん意味不明なこの状況のせいでもあるが、それとは別に、メルトラからとある男の気配がすることが大きく関わっていた。

その男の気配を、アルが間違えるはずがない。

「勇者……レイド？」

「アル……？　何？　あ、あ、あ、アルドノア……ま、おう……アル、ドノア……？　僕は……ボク？　ボクは僕で……ああ、あぁああッ！」

「っ！」

何かまずい。

このままではメルトラが壊れてしまうと判断したアルは、彼女へと寄っていく。

しかし彼女の下へとたどり着く前に、激しい閃光がアルの目を眩ました。

その閃光の正体は、メルトラの足元に広がった魔法陣。

それは転送のための魔法陣のようで、彼女の体は瞬く間にその中へと吸い込まれて行ってしまう。

「――アル」

完全に消える寸前、メルトラは彼の名を呼んだ。

アルの手は、彼女には届かない。

やがて魔法陣の光は収まり、辺りにはアルと彼女が殺害したであろう男たちの死体だけが残った。

「メルトラ……お前は一体……」

アルはその場にしゃがみ込み、男たちから黒ローブを剥がす。

鍛え抜かれた体。

そして様々な場所に収納された、無数の暗器たち。

「暗殺者か」

アルとゼナを襲ったチェーンキラーよりも格は落ちるものの、特別な訓練を積んだ殺しのプロたちが、メルトラに襲い掛かったらしい。

現状、メルトラの行動はまだ正当防衛の範疇だ。

「俺は……お前に問うつもりだったんだ。食堂で昼食を共にした時、どうしてお前の手から血の臭いがするんだって」

今思えば、妙な噂は前からあった。

『昨日Bクラスの奴が決闘で大怪我を負ったらしいけど、それもあいつがやったんじゃないか？』

『本当の話……？　っていうか決闘で大怪我ってどういうこと？』

思い起こされるのは、ゼナと廊下を歩いていた時に聞こえてきた噂話。

学園内では、あれから何度か同じ話が生徒間で出回っていた。

そして実際に学園を休む者が現れ、噂は信憑性を帯びた。

確証はないものの、アルの頭の中で自然とこの噂話がメルトラのこの行動に結びつく。

「……」

アルは暗殺者たちにローブをかけ戻し、路地裏を後にした。

第七話：魔王、動く

「これ……可愛い、のかな？」

〝ボク〟は鏡に映った白いワンピース姿の自分を見て、そう呟いた。

普段のボクなら絶対に買うことはない、ひらひらのついた如何にも女の子らしい服。

鏡に映る自分はやっぱり少し恥ずかしいんだけど、何故か今日はその感覚も薄かった。

（アルのおかげ……なのかな？）

彼はどうにも読めなくて、パッと見では何を考えているのか分からない。

あまり動揺もしないから、最初は感情がないのかと思った。

だけど一日一緒にいて、そうじゃないと分かったんだ。

アルはボクなんかよりもよっぽど素直で、目先の欲望に従って生きている。食べたいと思った物を食べ、知りたいと思ったことを知り、行きたいと思ったところに行く。

この世界に生きづらさを感じているボクには、それがとても羨ましく映った。

あんな風に生きられたら、きっと――。

『ソトニ……』

「ん？」

どこからか変な声がして、ボクは顔を上げる。

店の中にいるのは、会計カウンターにいる店員さんだけ。となると声の主は店員さんということになるけれど、彼女は女性で、声の主は男っぽかった。

不気味だ、そう思った瞬間に、ボクの背中に寒気が走る。

そしてそれはただの寒気ではなかった。

背中を駆け抜けたその感覚は、脳へと到達する。

さらに到達した部分から脳を覆うように広がり、そうしてボクの頭は、靄に包まれた。

「ボク……〝僕〟、は……」

『ソトニ、デロ』

「はい……分かりました」

体がひとりでに動き出す。

「お客様？　そちらは裏口ですが——」

裏口の方へと歩き出した〝僕〟を定員さんが止めに来るけど、〝僕〟は彼女の胸元に触れて魔力を流し込んだ。

これで店員さんの体内の魔力は乱れ、一時的に意識を奪える。

止める者もいなくなったことで、〝僕〟は裏口から外に出た。

そんな〝僕〟を待ち構えていたのは、三人の黒いローブを羽織った男たち。

「おいおい、こんな小娘殺すだけで一千万ゴールドかよ。楽な仕事だなァ」

「油断するなよ。こいつはあのエルスノウ家の娘だ。才能は桁違いのはずだからな」

「はぁ、三人でやればすぐでしょ。さっさとやろう」

彼らは各々武器を取り、〝僕〟に向かって跳びかかってくる。

『ソノサンニンヲ、コロセ』

「……はい」

〝僕〟が宙に手をかざせば、そこに美しい刀身を持つ剣が現れる。

柄を握れば、〝僕〟の手にえらくしっくり来た。

「ふっ――」

強い踏み込みと共に、横薙ぎに剣を振るう。

すると二人の男の胴体を見事に斬り裂いた。

「ア……？」

「あえ？」

胴体から臓物をぶちまけ、二人の男は地面に沈む。

ギリギリでかわした最後の男は、目の前で起きた惨状を見て冷や汗を流していた。

「くっ……だから油断するなと言ったのに」

「あと、ヒトリ」

「くそっ！　これでは割に合わん！」

男は踵を返し、路地裏を逃げていく。

〝僕〟は一蹴りで彼に追いつくと、剣を振り上げた。

「なっ⁉」

「これで、命令通り」

刃を振り下ろす。

男の体から赤い鮮血が噴き出し、近くの建物の壁を赤く汚した。

「かっ……こんな……ことが……」

「……」

まだ息がある男の体を掴み、〝僕〟は他の二人の亡骸（なきがら）の下へ彼を放り投げる。

そして血の泡を吹いている彼の胸に、刃を突き立てた。

「か……あ……」

「……」

三人とも絶命していることを確認して、僕は戦闘態勢を解く。

今日の命令も、ずいぶん簡単なものだった。

彼らでは、あの男と戦うための準備運動にすらならない。

〝僕〟はこんなことをしている場合なのだろうか？

早く魔王城へ行って、〝僕〟らの最大の敵である魔王アルドノアを討たなければ
――。

「……おい、そこで何してるんだ」

突然後ろから声をかけられて、〝ボク〟は振り返る。

「あ……アル」

「メルトラ、そこの男たちは――」

ああ、そうだ。

〝ボク〟は彼にこの格好を見せるために服屋に入ったんだ。

早く見せなければ。

もしかしたら、〝ボク〟のこの格好を見て驚いてくれるかもしれない。

もしかしたら、可愛いって思ってくれるかもしれない。

「アル、待たせてごめんね？　結局この服にしてみたんだけど、やっぱりちょっと恥ずかしいかも……似合ってるかな？　君が気に入ってくれたなら、もう少し着ていてもいいかなーって思うんだけど……」

「お前は……何を言っているんだ？」

「何って、服を選んだんだよ？　感想くらい言っても罰は当たらないと思うなー」

「その下に転がっている人間たちは何だ。どうしてお前は血に濡れている」

「下に転がっている……？　血……？　ああ、この人たちは突然ボクに襲い掛かってきたから……あれ？」

あれ？

〝ボク〟はどうしてここにいるんだっけ？

〝僕〟はどうして、奴と親しげに喋っているんだ？

「勇者……レイド？」

「アル……？　何？　あ、あ、あ、アルドノア……ま、おう……アル、ドノア……？　僕は……ボク？　ボクは僕で……ああ、あぁああッ！」

彼が〝僕〟の名を呼んだ瞬間。

〝ボク〟の意識は、黒い靄に完全に呑み込まれた。

最後に、彼の名を呼んで。

「――アル」

◇

◆

◇

「あのメルトラから勇者レイドの気配……っスか」

「ああ」

「こいつはとんでもないことになってきましたね……」

メルトラが魔法陣に呑み込まれてから、数時間後。

屋敷で待っていたアルは、ゼナとベルフェが帰宅したと同時に彼女の件を相談した。

「アル様とデートだなんて羨ましい……なんて、言っている状況ではありませんね。つまり、あのメルトラ・エルスノウは勇者レイドの転生体だったということでしょうか？　私たちがこうして転生したように、もしや彼もアル様を追いかけて……？」

「……それだと少し辻褄(つじつま)が合わないことがある」

「？」

「メルトラからは、〝メルトラ〟の気配もするんだ。むしろ普段は彼女の気配しかしない。だが今日最後に見た彼女からは、〝メルトラ〟と〝勇者レイド〟の気配が同時にしたんだ」

「まさか……メルトラの中には二つの魂があるのですか？」

「そうかもしれない。メルトラの精神はずいぶんと不安定になっていた。まるでレイドの魂と意識を食い合っているように見えた。このまま放っておけば、遠からずどちらかの精神が崩壊するだろう。最悪の場合は、両方ともだろうが……」

アルとゼナの会話を聞いていたベルフェが、何かに気づいたように目を見開く。

そして苛立ちを隠しきれないと言った様子で、唇を噛んだ。

「ベルフェ、どうした？」

「……アル様、今日俺たちがあんたの側を離れていたのは、とある男について調べるためです」

「とある男？」

「ブレイン・ブランシア。Ａクラスの担任教師です」

アルの頭の中に、食堂での出来事がフラッシュバックする。

彼はあの時、メルトラを呼びに来たと言った。

そこからメルトラに起きた異変とブレインの姿が自然と結びつき、アルは「まさか」と呟く。

「前から奴は、学園のどこかに独自の研究室を持っているという噂がありました。アル様はエヴァンス・レッドホークを倒したことで、一度奴の顔を潰したっスよね。酷く粘着質な性格の奴はすぐにまたアル様にちょっかいをかけてくるだろうと思って、俺は奴の弱味を握るためにその研究室を探しました」

「……見つかったのか」

「ええ、ずさんな隠蔽魔法で隠されてたっス。そしてゼナに協力してもらって中を調べたら、こんな物が出てきました」

そう言いながらベルフェがテーブルの上に置いたのは、小さな緑色の結晶だった。

一見はただの粗削りの宝石にしか見えないが――。

「私もまだこれが何か分かっていないんですけど……一体何なんです？」

「これは、魂の結晶だ」

「魂の結晶？」

「このままではただの石だけど、一度魔力を流せば……」

ベルフェが指で石に触れ、魔力を流す。

すると石は強く発光し、アルとゼナに強いショックを与えた。

「ま、まさか……」

「今、勇者レイドの気配がしたな」

アルが感じ取ったものは、メルトラから感じ取った勇者レイドの気配と同じ物だった。

「ベルフェの研究室にあった物、それは勇者の魂を結晶化して、砕き割った物でした。数は数百と言ったところっスかね。そのうちの一つがこいつです。研究室にはダミーを残してきたので、持ち出したことを気づかれることはないと思うっスけど」

「砕き割ったって……」

「そもそも結晶化の魔法自体、この国――いや、人間たちの中では禁忌の魔法とされているんだ。魔法が開発された理由は、数百年前の隣国の国王が永遠の命を求めたためとされている。結晶化した魂は他者に埋め込むことで、その体の元々の持ち主の魂を塗り潰して乗っ取ることができるらしい」

「……最悪の魔法ですね」

「同感だ。けど、この開発された経緯はでたらめだと分かった。あの勇者レイドの魂が結晶化しているということは、千年前にはすでにこの魔法はあったということになる」

「それはその通りだと思いますが、開発された経緯は今関係あるのですか？」

「直接的な関係はないが、俺はこう推測した。結晶化魔法は、勇者レイドが己の魂を勇者の才能として未来の人間に分け与え、千年後に戻ってくる魔王アルドノアを迎え撃つために開発されたのではないかと」

「……」

ゼナが黙り込む。

それは、ベルフェの口にした推測ですんなりと納得してしまったが故だった。

勇者レイドとその仲間たちは、まず新たな勇者を育て上げるために勇者学園を創った。

そして来たるべき千年後の戦いに備え、レイドは己の力を千年後の類い稀なる才能を持った者に託すため、仲間に頼み砕き割ってもらう。

そう考えると、今になってメルトラのような存在が現れたことも納得がいく。

千年が経ち、転生したであろう魔王アルドノアを倒すため、今になって勇者レイドの魂が移植されたのだ。

つまりメルトラは、アルを倒すための存在であると言える。

（……本当に、そうなのか？）

しかし、アルはこの話に納得することができないでいた。

勇者レイドは、果たして未来の人間たちに力を託すために、己の魂を砕き割って配るような男だろうか。

アルから見たレイドという男は、そんな不気味なことはせず、自分たちの力で魔王を倒せるようちゃんと子供たちを鍛えようとする生真面目な存在である。

己の魂を叩き割って移植しようとする男には到底見えない。

ただ、ベルフェが間違ったことを言っているようにも聞こえない。

「……」

そんな風に頭を悩ませるアルのことを、ベルフェは黙って見つめていた。

言いたいことがあるのに、言えない。

そんなもどかしそうな様子で。

「——ともかく、ブレインの研究所にこの結晶があった以上、メルトラの存在を危うくしているのは奴で間違いないっス。アル様がメルトラを救いたいって思っているのなら、まずはブレインを何とかするっスよ。じゃないと他にも結晶を移植されてしまう人間が出てくるかもしれない」

「……分かった、どうすればいい？」

「Aクラスにクラス間決闘を仕掛けてください。要求するものは、メルトラのFクラス編入。まずは彼女をブレインから引き剥がします。そうすれば俺の方で安全に魂を分離させられるかもしれないっスから」

「よし……」

アルにとって、メルトラはただの友達だ。

しかしそのただの友達という存在自体が、アルにとっては特別だった。

ゼナやベルフェほどの絆はないにしろ、彼女は〝アル〟にできた初めての友達。

彼が動く理由など、それで十分なのである。


翌日の勇者学園。

アルたちが登校すると、何故か一年生の廊下の前にある掲示板に人が集まっていた。

「あれは何だ？」

「……さあ」

アルとゼナがそこに近づくと、先に掲示板の前にいたベルフェが二人を手招く。

「ベルフェ、どうかしました？」

「……やられた。先手を取られた」

「え？」

掲示板には、一枚の張り紙がされていた。

〝Aクラスより Fクラスへクラス間決闘の申請〟

〝要求内容　ゼナ・フェンリスのAクラス編入。アルの退学〟

〝日時　三日以内〟

〝人数上限　三十人〟

〝申請者　Aクラス担任・ブレイン・ブランシア〟

「……これは面倒なことになりましたね」

掲示板に書かれた内容を見て、ゼナは人目も憚(はばか)らず悪態をこぼす。

「どういうことだ？　向こうから挑んできたのだから、むしろ好都合だと思ったんだが」

「いえ……基本的にクラス間決闘は、要求する側、そしてそれを拒否する側に分かれます。つまり決闘を挑まれた側は、単に相手の要求を呑まなくてよくなるというだけで勝って何かを得るということはないのです。そして一度決闘を行ったクラス同士は、三ヵ月の間クラス間決闘を行えなくなります」

「ああ……そういうことか」

ベルフェの話では、まず自分たちからAクラスに決闘を挑み、メルトラのFクラス編入を要求するつもりだった。

しかし逆にAクラス側から決闘を挑まれてしまったことによって、たとえ決闘に勝ったとしても、メルトラを奪うことは向こう三ヵ月できなくなってしまった。

「こっちの動きが察知されたというより、元からこうするつもりだった可能性が高いな。クラス間決闘の申請にはある程度時間がかかるし、昨日今日でできることじゃない……本当に、タイミングが悪かったと言うしかない」

「おやおや、何のタイミングが悪かったのですかな？」

「……ブレイン」

「Fクラスの担任ごときが私を呼び捨てとは……立場を弁えていただきたいところではありますが、まあ今日はいいでしょう。私は今機嫌がいいので」

「どうしてわざわざクラス間決闘まで使ってこの二人をどうにかしようとするんだ。あんたにとって、二人はそこまで労力を割くような相手なのか？」

「……ええ、そうです」

ブレインは目を見開き、アルのことを睨みつける。

「この男はFクラスの分際で私のクラスに楯突き、大事な生徒であるエヴァンスの輝かしい将来に傷をつけました。到底許せる行いではありません」

「先に侮辱してきたのはあんたたちだと聞いているが」

「大した価値もないクズ共なのだから、大人しくストレスのはけ口になっていればよかったのです。あなた方に最初から楯突く権利などなかったのですよ」

いつ聞いても、彼の発言は教育者の物ではない。

しかし、ベルフェは自分が妙に納得していることに気づいた。

(なるほど……こいつは教育者じゃねぇ。根っからの研究者だ)

大事な生徒なんてまったくの嘘。

ブレインにとって、Ａクラスの生徒たちは〝実験体〟だ。

メルトラは始まりに過ぎない。

彼はいずれ、Ａクラスの貴重な才能たちを丸ごと実験体として利用するつもりなのだ。

根拠はないものの、ベルフェはすでにそう確信した。

皮肉なことに、彼とブレインは本質が似ている。

己の実験のためなら、命の尊さなどどうでもいい。

そんな根底にある考え方が同じであるせいで、ベルフェはブレインの考えがよく理解できてしまっていたのだ。

「……反吐が出る」

「おや？　何か言いましたか？」

「いや、別に」

「掲示板にも書きましたが、Ａクラスは三十人で決闘に挑みます。果たしてそちらは、何人の生徒が参加してくれるんでしょうねぇ」

「……」

勝ち誇った笑みを浮かべるブレインを背に、三人は掲示板の前を離れる。

そして推薦願書提出の日に利用した空き教室へと向かい、扉を閉めて人目につかない空間を作った。

「作戦を考え直します。これじゃメルトラを救えないんで」

「そうですね……先手を取られてしまいましたし、ここからはもっと慎重に立ち回る必要があるかと」

ベルフェとゼナは、主人から意見を求めるべく視線をアルの方へと寄せる。

当初の作戦が使えなくなった今、彼らには新たな作戦を考える必要があるはずだった。

アルもそれは理解しているはず。

しかし、彼は何故か二人の視線を受けてきょとんとしていた。

「あ、アル様……？」

「ん？　ああ、すまない。俺には今の事態がそこまで悪いことのようには思えなくてな」

「え？」

「何故ブレインがこのタイミングでクラス間決闘を仕掛けてきたのか……俺は、メルトラがブレインにとっての実用段階に入ったからだと思う」

「実用段階……ですか？」

「メルトラに差し向けられた暗殺者たちは、テストだったんだ。彼女はそのテストに合格して、すでに十分な実力を持っていると判断された。俺を倒せると……判断されたんだ」

「っ！」

驚くゼナの隣で、ベルフェが納得したように頷く。

「なるほど……だからこのタイミングで決闘を」

「ブレインにとって、俺は本当に邪魔な存在なんだろう。そして自分の実験のために、優秀なモルモットになり得るゼナがほしい。だけど俺はエヴァンスよりも強いし、ゼナに確実に勝つ方法もない。だから奴は、人の理(ことわり)を外れた者の力を頼った」

「勇者レイドの力……そしてメルトラにそれが馴染んだから、勝てると踏んで決闘に臨んだ」

アルが頷く。

しかし納得がいっていない様子のゼナが、二人の会話を遮った。

「ま、待ってください！　その仮説が正しかったとして、どうしてアル様は今の状況が悪くないと言い切れるんですか？」

「俺は、ブレインが大事な実験体であるメルトラを匿(かくま)ってしまうと思っていた。だけどこの仮説が正しければ、メルトラはまず間違いなくクラス間決闘の舞台に出てくる。彼女と対面することができるのなら、話はそう難しくないだろう？」

「まさか……アル様が直接魂の分離を試みるつもりですか？」

「そのまさかだ。自分の目の前でメルトラが元に戻されたら、ブレインもずいぶん驚くだろうな」

アルはドヤ顔を浮かべながら、二人に対してそう告げる。

この時、ゼナの思考はフル回転していた。

まず、アルは決して間違ったことは言っていない。

メルトラが決闘の場に出てくるという話はだいぶ根拠がある。

Aクラスは三十人で挑んでくるようだが、アルとゼナであればそれも障害にはならない。

ただ、一つ大きな問題があった。

（アル様……どうやってメルトラと勇者レイドの魂を分離させるおつもりなのですか……！）

言いたい。問いかけたい。

しかしドヤ顔を浮かべた主が可愛すぎて、その表情を崩したくない。

メルトラと勇者レイドの魂を安全に分離させる方法を探るために、まずは彼女の身柄を確保する必要があったのだ。

そう時間がかからない内にベルフェがその方法を見つける手筈だったが、じっくりと観察する時間がなければさすがの彼でも見つけようがない。

結局ゼナはどうすることもできず、やむを得ない形でベルフェへと視線を送った。

「……はぁ」

ベルフェは気が重そうに息を吐くと、改めて口を開く。

「アル様、メルトラと勇者の魂を分離させる方法ですが、おそらく体内のどこかにある魂の結晶を破壊、または取り除くことで、何とかなると思います」

「そうか、なら簡単だな」

「……はい、そうですね」

ベルフェは、久しく笑みを浮かべていた。

それを見たゼナは、察した。

あ、こいつ諦めたな――と。

「ちょっと……いいんですか？　結晶を壊したところでメルトラが無事に解放されるかどうかは分からないですよ⁉」

「仕方ないだろ……アル様が乗り気なんだ。俺たちはそれをサポートしないといけない」

「それはそうですが……！」

「大丈夫だ、勝算がないわけでもない。黄泉から魂を引き上げて肉体に定着させるような魔法ならともかく、今回の件には実体のある道具が関わっている。大抵の場合は、それを取り除くだけで何とかなるもんだ。もし何とかならなくても……俺たちが何とかする。それが下僕の使命だろ？」

「まあ……そうかもしれませんね」

小声での会話の結果、ゼナは押し黙る。

実際、ベルフェが知っている事例にはそういうケースが多い。

故に今心配すべきは、そこではなかった。

（アル様に結晶を取り除いてもらう……そこまではいい。ただ、勇者レイドの力を手に入れたメルトラの力は未知数だ。現代においての選りすぐりの才能と、千年前における人類最強の力の融合……アル様が負けるとは思えないが……）

ドヤ顔の主を必死によいしょするゼナを見て、ベルフェはため息を吐く。

（……一応、念には念を入れておくか）

賢楽のベルフェ。

またの名を、魔王軍随一の苦労人という。

第八話：勇者、眠る

〝ボク〟の頭の中に、体験したことがないはずの記憶が流れ込んでくる。
角の生えた恐ろしい悪魔に、仲間と共に挑んでいく――そんな記憶。
国中の人々が〝ボク〟を称(たた)え、敵を滅ぼしてくれと頭を下げた。
剣を持つ手が震えている。
〝ボク〟は――そう、〝僕〟は怯えていた。
皆の期待を裏切るわけにはいかない。
世界を守らなければならない。
魔王が憎い。
小さな村で生まれたただの子供は、そうやって自分を〝勇者〟に偽った。
これは〝僕〟の記憶。

〝ボク〟には関係のない、見せてはいけない記憶だ。

〝僕〟の前で、仲間が、そして国の偉い人たちが声を上げる。

『何故魔王を倒さなかった！』

『千年後にみすみす逃がしたのはお前だ！』

『いや、もしかすると明日にでも転生して世界を滅ぼすかもしれない！』

『我々が怯えて生きていかなければならなくなったのは、すべてお前のせいだ！』

耳を塞ぎたくなるような、理不尽な罵倒。

戦うことすらできないような年寄りたちが。

戦闘中、真っ先に力尽きた者たちが。

最後まで戦おうとした〝僕〟を責め立てる。

ああ、そうか——。

魔王アルドノアが言っていたことは、すべて正しいんだ。

〝僕〟は目を逸らして生きていた。

ここにいる身勝手な人間たちに踊らされてると、理解したくなかったから。

『勇者レイド。こうなったら、貴様が新たな勇者を育て上げろ。それまでは生かしておいてやる』

『辺境の村のただのガキが……やはり私は最初から反対だったのだ！　聖剣に選ばれたからと言って高貴な血筋でもない者に魔王討伐を任せるなどと――』

お偉いさんたちが喧嘩を始めた。

どうやら〝僕〟は、これから彼らに生かされる身らしい。

自分の滑稽（こっけい）さに、思わず笑いがこみ上げる。

『……何がおかしい』

〝いえ、皆さんを驚かせたくて、一つ黙っていたことがありまして〟

『何だと？』

〝魔王アルドノアが転生することは、決してあり、ま、せん〟

『訳の分からないことを……その根拠は何だ！』

〝この聖剣が、奴の魂を浄化したからです〟

『……？』

そこから〝僕〟は、自分でも驚くほどに巧（たく）みな嘘をスラスラと述べていった。

彼らは〝僕〟を選んでくれた聖剣の力を詳しく知らない。

だからまず、この聖剣には魔を浄化する力があると伝えた。

ちなみにこの話自体は本当だった。

そして〝僕〟はこう話を続ける。

アルドノアの体は屈強で、魔を祓う力はそこまで効果を発揮しなかった――が、奴が魂だけになった瞬間だけは、話が別だった。

肉体という鎧を失った魂は、聖剣の魔を祓う力によって簡単に浄化できた。

だからもうアルドノアは転生することができない。

人類は、あの時点で勝利していたのだ――と。

この場にいた者たちは皆歓声を上げ、手のひらを返して〝僕〟を褒め称える。

〝僕〟も笑った。

だって皆滑稽だったから。

駄目押しとして、聖剣を天に突き上げ、勝利宣言をしてやった。

皆がこぞって真似をするようになった。

もう笑いが止まらなかった。

これで世界は終わる。

皆平和が続くと勘違いして、己を鍛えることを止めるだろう。

いいんだよ、もうこんな世界は。

こんなクソみたいな世界は、滅んでしまえばいい。

〝僕〟はもう君に会うことはできないけれど、きっと君なら、あの時言った言葉を守ってくれる。実行してくれる。

君を倒せる人間なんて、どこにもいない。

君が課した人間への試練は、達成できなかった。

だから、世界を滅ぼしてくれよ。

「ねぇ――〝アルドノア〟」

Aクラス対Fクラスのクラス間決闘当日。

クラス間決闘用の集団特別決闘場には、多くの観客が入っていた。

アルとエヴァンスの戦いの時とは違い、今日は他学年の生徒たちもいる。

クラス間決闘が行われること自体が珍しいのに、今回の対戦カードは最高のAと、最低のF。

学園が始まってから、この二つがクラス間決闘を行うという事態は一度としてなかった。

たかがＦクラスの平民の退学がかかった決闘で、これほどの注目度となったのも、ある意味必然と言えるだろう。

「結局……二人ですね」

「ああ、まあ仕方ないな」

他のＦクラスの人間は一人もいない。

広大な訓練場の端に立っているのは、ゼナとアル。

対する反対側の端には、三十名ほどの人影があった。

「向こうはやはり三十人ですか。可哀想に、ほとんどの生徒が何故戦わされるかも知らないいんじゃないですか？」

「……そうかもしれないな」

Ａクラスに所属している三十人の男女。

その中の一人を、アルは見つめる。

「メルトラ……待っていろ」

視線に気づいたメルトラは、アルの方へと視線を返す。

しかしその目の中には、やはり光がなかった。

「――アル様、一つお聞きしてもよろしいでしょうか」

「何だ？」

「どうして……メルトラのために貴方様がここまでなされるのですか？」

「ん……？」

ゼナはどこか不機嫌そうな様子で、言葉を続けた。

「お二人が友人同士になったということは理解できます。しかしそれなら私たちに一言「何とかしろ」と命令してくださるだけでよかったはずです。貴方様の手を煩わせることもありませんでした」

彼女はその先を問うかどうか、悩んでいた。

しかし数巡の思考の末、堪えきれなくなり口を開く。

「貴方様が自分から動くということは、それだけメルトラが特別な存在だから……ということでしょうか⁉」

「……そうだな、特別だ」

「っ！」

ゼナの顔がくしゃりと歪む。

特別という特別な言葉を、彼の口から聞きたくなかったからだ。

その席には、自分が座っていたいのに――。

「メルトラは、俺にできた初めての友達だ」

「初めての……？」

「ああ。ゼナやベルフェ……お前たちと俺は、前世からの因縁でわずかながらに魂で繋がっている。もはや離れることなど考えられない」

「っ……」

「だが、メルトラと俺には何も繋がりがない。血も、魂も。交わしたのは言葉と時間だけだ。それでも人は情を抱く。頭ではなく、感情が助けたいと叫ぶ。……それを俺は、素晴らしいことだと思うのだ」

「アル様……」

「メルトラは俺に、新たな人間らしさを教えてくれた。そんな彼女をここで失えば、俺はきっと人間として生きていけなくなる――そんな気がしたのだ」


――だから、助ける。


メルトラを見つめたまま、アルはそう力強く告げた。

「……ふふっ、やはり我が主には敵いませんね」

「すまないな、ゼナ。もう少し俺の我儘に付き合ってもらうぞ」

「もう少しなんて悲しいことを仰らないでくださいな。私はいつだって貴方のお側にいます。それこそ自室にも、お風呂にも！　おトイレにだって――」

「いや、そこまでは止めてくれ」

冷静なアルによるツッコミを受けて落ち込むゼナをよそに、決闘場の中央に審判役の男性教師が現れた。

彼は両クラスの代表に対し、集まるように指示を出す。

「俺でいいか？」

「はい、お願いします」

アルはゼナからの了解を得た後、中央へと向かう。

Aクラス側からは、アルよりも頭一つ半背が高い男が歩いてきた。

彼はアルを真っ向から見下し、鼻で笑う。

「Aクラス代表、グラン・ベアゴリスだ。ブレイン先生からはお前らを叩き潰せとだけ言われている。恨むなら、あの人に嫌われた自分を恨むんだな」

「Fクラス代表、アルだ。悪いが、叩き潰されるつもりは一切ない」

「はっ、聞いてた通り頭がめでたいみたいだな。これだけの戦力差を見てもそう言えるとは、頭のネジが外れちまってるとしか思えねぇ」

「俺としてはAクラス全員で来てもらってもまったく構わなかったのだが……」

「お前らを潰すために三十人揃えられただけでも恥ずかしいってのに、これ以上増やしてたまるかよ。いいか？　一瞬で終わらせてやる。どいつもこいつも四大貴族四大貴族ってうるせぇからよ、そいつらと毎日比べられる俺たちにはストレスが溜まってんだ。拳一発でお前をのして、気持ちよくなってやるよ」

一触即発（主に一方的にだが）の空気になったところで、間に審判役の教師が入る。

彼は二人に少し距離を取るよう指示を出し、一つ咳払いを挟んだ後に今回の決闘のルールを説明し始めた。

「えー、今回のクラス間決闘は、棒倒しの形式で行われます。お互いの陣地にある棒を狙い、先に相手の棒を倒したクラスの勝利です。参加者には守護のエンブレムが配られますので、エンブレムを破壊された者は速やかに退場してください。なお、万が一エンブレムが壊れたまま戦闘を再開した場合、またはエンブレムが壊れている相手に攻撃を加えてしまった場合はルール違反と見なし、違反した者が所属するクラスの敗北とさせていただきますので、ご注意ください。説明は以上ですが、何か質問は？」

「ない」

「ねぇな」

「では両クラス共自分の陣地の中にある棒の周辺にお集まりください」

審判はそう告げると同時に、観客席の方にいる他の教師へと指示を出した。

すると決闘場のちょうど対角線に位置する場所に、それぞれ十メートルほどの棒が出現する。

棒は地面にしっかりと固定されており、最低でも弱い攻撃を当てなければ倒れない仕組みになっていた。

「お帰りなさいませ、アル様」

「ああ。どうやら向こうの棒を倒せば俺たちの勝利らしい」

「なるほど。ではどちらが攻めますか？」

「……俺が行こう。取りこぼすことはないと思うが、念のためお前は棒を守っていてくれ」

「かしこまりました。……少しくらいわざと取りこぼしてくれてもいいんですよ？」

「ふっ、善処しよう」

アルはそう言いながら、Ａクラスの棒に向けて歩き出す。

そして向こう側からは、約二十人のＡクラスの生徒が向かって来ていた。

二十人が攻め、そして十人が守りの図を作っているらしい。

観客席から見ると、その図はあまりにも大きすぎる戦力差を表していた。

攻めの図だけでも一対二十。

「ふ——ふはははははっ！　これでようやく平民をこの学園から追い出すことができますねぇ！」

観客席に現れたブレイン・ブランシアは、勝利を確信して高笑いを上げた。

「……ブレイン」

その姿を見たアルは、自分が無意識のうちに拳を握り込んでいることに気づく。

腹の底に煮えたぎる熱い感情。

アルはそれを、怒りであると理解した。

（そうか、俺は怒っているのか）

ゆらりと、アルの体から魔力が漏れ出る。

比較的彼の近くにいたゼナは、その魔力の余波を受けて体を震わせた。

（私の人生においてもっとも幸福なことは、この方が敵ではなかったということでしょうね……）

安心したような笑みを浮かべ、ゼナは彼の背中を見送る。

そして審判は時刻を確認すると、その手を高々に振り上げた。

「――始め！」

そうして放たれた、開戦の合図。

アルとAクラスの連中は、止めていた足を再び動かし始めた。

「よぉ、クズ。早速で悪いが、お前から叩き潰させてもらうぜ」

「お前が先頭で出てきてくれるのか、手っ取り早くて助かる」

「Fクラスがいっちょ前に強がってんじゃねぇよ。お前は今からこの拳で叩き潰されるんだからな」

「……」

「いくぜ……〝鋼鉄の破壊者（アイアンブレイカー）〟！」

グラン・ベアゴリスが両手を前に突き出せば、その拳から肩口までを覆うように鋼鉄の鎧が出現する。

こと純粋な腕力、そして一撃の破壊力で比べれば、この学年においてグランは三本指に入るほどの実力者。

本来であれば、彼一人でFクラスの人間を蹂躙することができていただろう。

そう、本来であれば——。

「さあ！　私の生徒たちよ！　目の前のゴミを蹂躙しなさい！」

「おうよっ！　行くぜ！」

勝ち誇った表情で声を上げたブレインに従い、グランはアルに向けて飛びかかる。

そして鋼鉄の拳を振りかぶり、アルに向けて繰り出した。

「うおらっ！　〝鋼鉄の衝撃(アイアンスパイク)〟ッ！」

「……はぁ」

アルは半歩体をずらし、鋼鉄の拳をかわす。

そして横からグランの顔を鷲掴みにすると、そのまま腕力だけで地面に叩きつけた。

「がっ……!?　な!?」

「何分数(なにぶん)が多いんでな、俺も一撃で終わらせることにする」

「や、やめ——」

立ち上がろうとするグランの顔面目掛け、アルは拳を振り下ろす。

腹の底に響くような轟音。

決闘場を揺るがす衝撃と共に、地面には大きなクレーターができた。

その中央に倒れるグランの胸元にあるエンブレムが、音を立てて壊れる。

そして彼自身はアルの拳の威圧感に恐怖し、意識を飛ばしてしまっていた。

「なっ……」

観客席にいるブレインから、笑顔が消える。

彼だけでなく、観客席全体が驚き、目を見開いた。

前にアルと戦ったエヴァンス・レッドホークは、才能自体は桁外れだったものの、実力はまだまだ粗削り。

正面からぶつかり合えば、もしかするとグランの方が強い可能性があった。

だからこそブレインは負けるはずがないと高を括っていたのである。

しかしその考えは、一瞬にして否定された。

「……次」

アルは顔を上げ、残った十九人と、さらにその奥にいる十人を見る。

(メルトラは一番奥か)

前衛隊にその姿はなく、奥にある棒の根元にメルトラは立っていた。

彼女の下にたどり着くには、やはり全員を蹴散らすしかない。

ただそれは、アルにとって決して難しいことではなかった。

「……っ！　何をしているのです！　囲い込んで魔法で押し潰しなさい！」

観客席から身を乗り出したブレインが、Ａクラスの生徒たちに指示を出す。

本来、このような行為は禁止されていた。

しかし彼はＡクラスの担任兼学年主任。

そんな彼を止められる人間は、この場にはいなかった。

「あ……　〝水の槍(アクアランス)〟！」

「〝炎の大砲(フレイムキャノン)〟！」

「〝土の大槌(グランドハンマー)〟！」

「〝風の破刃(ウィンドカッター)〟！」

中距離を得意とする魔導士たちが、まとめて魔法を放つ。

本来、この状況は詰み盤面(ばんめん)である。

魔導士が同時に展開できる魔法は、多くても三つ。

これに関してはあのベルフェでも同じである。

口頭での詠唱、そして左手、右手での魔法陣の直(じか)書き。

理論上腕が増えればこれ以上の同時展開も可能だが、一般的には最大三つが常識であった。

三つの時点でベルフェほどの魔導士でなければ扱えない高等技術であるものの、この場において告げなければならないことは、いくらアルでもすべての魔法の相殺は不可能ということである。

しかしそれはそれとして、彼はそんなことをせずともすべてを防ぎ切れる術を山ほど持ち合わせていた。

「〝反射壁（リフレクション）〟」

アルが一言そう呟けば、彼の前面に無数の半透明の壁が現れる。

直後、その壁に魔法が着弾した。

すると飛んできた軌道をそのままなぞる様（よう）にして、それらの魔法は放った者の下へと返っていく。

「反射壁（リフレクション）だと⁉　馬鹿な！」

ブレインが目を見開く。

そんな彼の視界の中で、Ａクラスの生徒たちが悲鳴と共に吹き飛んだ。

アルが何気なく展開した反射壁（リフレクション）。

現代において、この魔法は会得（えとく）難易度Ａランクとされていた。

理論自体は魔力障壁に反射能力を足しただけなのだが、この反射という概念がかなり難しい。

自分に向けられた攻撃の入射角、威力を分析し、ほとんど誤差のないイメージを頭で固定しながら、魔力障壁に反発力を付与する。

このイメージが狂ってしまうと、たちまち障壁の耐久力は下がり簡単に壊されてしまうし、下手をすれば形すら維持できない。

そしてこれまでの話は、一つの反射壁（リフレクション）を展開する時の話である。

アルはそれを、飛んできた魔法の数だけ展開した。

同列魔法であるため同時展開の話には引っ掛からないものの、これはさすがに常軌を逸している。

Aクラスの魔法を同時に十個以上。

超一流の宮廷魔導士にも決してできない芸当である。

「悪いが、今日は一切自重するつもりはない」

アルは左右の腕を一振りして、まず二つの魔法を展開、そして口を開き、三つ目の魔法名を口にした。

「〝原初の炎（フレイム・オリジン）〟」

『〝原初の光〟』（シャイン・オリジン）
『〝原初の雷〟』（ライトニング・オリジン）

そうして展開された三つの魔法陣は一つに重なり、前衛後衛関係なくAクラスの生徒たち全員の頭上に展開される。

神々しいほどの光を放つ魔法陣を、この場にいる者たちはただ見上げることしかできなかった。

「三元魔法――〝トリニティ・レイ〟」

魔法陣から降り注ぐのは、不可避（ふかひ）の光線の雨だった。

気づいた時には眼前に迫っており、エンブレムが残っていた者たちの体を的確に貫いていく。

それは本当に一瞬のことだった。

そのたった一瞬で、Aクラスは完全に壊滅（かいめつ）した。

残ったのは、彼があえて残したメルトラのみ。

「さて、邪魔者たちは排除した」

「……」

「やろうか、メルトラ。俺を倒すように命令されているのだろう？」

何も告げないメルトラは、自分の胸の前に手を置く。

そして何かを握るように手を閉じると、彼女の手の中に剣の柄が現れた。

「来て……〝ソウルディザイア〟」

そう告げながら、メルトラは自身の胸から一振りの剣を引き抜く。

その青白い両刃の直剣は、異様なほどまでの威圧感を放っていた。

「そうか……その剣（つるぎ）まで使えるのか」

アルは驚いた様子でそうこぼす。

聖剣ソウルディザイア。

それが、かつて勇者レイドが持っていた伝説の剣の名であった。

その魔を斬り祓う能力は問答無用で魔法を斬り裂き、他者を斬れば魔力の流れを断つことができるため、二度と魔法が使えない体にしてしまう最強の剣である。

アルでさえも、この剣に触れることは躊躇（ちゅうちょ）する。

「……っ」

メルトラが地面を蹴る。

その速度は、人の領域を軽々と超えていた。

エヴァンスの炎をかわした時のアルよりも速いため、観客席からその姿を捉えられた者はほとんどいない。

故に彼らからは、メルトラが瞬間移動したように見えていたことだろう。

「エルレイン流剣術、一ノ型——〝真牙（しんが）〟」

「っ！」

地面すれすれから斜め上に抉るような斬撃（ざんげき）。

エルレイン王国の騎士団に代々受け継がれている、伝統的な剣術の基礎となる技である。

そしてその始まりを創った者こそ、勇者レイドその人であった。

はらりとアルの髪の一部が宙を舞う。

彼は紙一重でかわすことに成功していたが、まだメルトラの攻撃は終わっていない。

「二ノ型、〝双牙（そうが）〟」

振り切った状態から剣を逆手に持ち替えたメルトラは、真牙と同じ軌道で刃を振り下ろす。

アルは強く地面を蹴って距離を取るが、その前にわずかに血が舞った。

「……ほう」

胸元の皮が斬られているのを見て、アルは声を漏らす。

薄皮一枚とは言え、彼が傷を負った。

その事実は、少なからず後ろに控えていたゼナに衝撃を与えていた。

（まさか……今のメルトラは勇者レイドよりも強い……？）

想像以上に彼女と勇者レイドの魂は相性が良かったらしく、その実力を前代未聞の領域へと跳ね上げているらしい。

そうなるよう仕向けたはずのブレインでさえ、今の動きを見て驚きを隠せずにいた。

「ふ、ふははは っ！　素晴らしい！　素晴らしいですよメルトラ！　あなたなら確実にそこの男を仕留められます！　今すぐ引導を渡してやりなさい！」

「……」

ゆらりと剣を揺らしながら、メルトラはアルとの距離を詰めていく。

そして間合いに入った瞬間、弾けるような動きで一気に加速し、再びアルの眼前に体をつけた。

「ふッ！」

メルトラが放ったのは、唸るような突き。

その先端の速度は音速を越え、パンッと空気が弾けるような音がした。

アルは突き自体をかわすことに成功したものの、剣先から放たれた衝撃波が彼の制服のボタンを飛ばす。

しかしこの突きをかわしたのは大きい。

突きを引き戻す一瞬。

その一瞬が完了するまでの間、アルにとっては無限にも等しい時間があった。

「〝魔掌打(ましょうだ)〟――」

メルトラの胸に、アルの掌打が突き刺さる。

魔力を孕んだその一撃は、波のようにメルトラの体を駆け抜け、内部にある魂の結晶を破壊する――はずだった。

「……？」

アルは困惑した。

確かに掌打はメルトラに命中している。

しかし、まるで手応(てごた)えがない。

「……ソウルディザイア・モード〝メイル〟」

「っ⁉」

いつの間にか、彼女の手から聖剣が消えていた。

そして代わりに、着ていなかったはずの鎧が彼女の胸部を守っていた。

メルトラはお返しとばかりに拳を放つ。

アルはそれを受け止めると同時に、その勢いを利用して大きく距離を離した。

「形態変化まで使えるとは……さすがに予想外だな」

「……」

ソウルディザイアの真骨頂は、魔を斬り祓うことではない。

使用者の欲望によって自由自在に形を変える、圧倒的な手数の多さ。

それこそが、戦闘におけるソウルディザイアのもっとも恐ろしい部分であった。

「ソウルディザイア・モード〝ツイン〟」

彼女の体を覆っていた鎧が溶けるようにして消え、そして今度は両手で新たな形状を形作る。

両手に収まった対となる二振りの剣。

メルトラはそれらを構えながら、アルに向けて駆けだした。

（さて……触れるのはまずいな）

アルが肉体に魔力強化を施せば、刃を生身で受け止めることも可能だ。

しかしソウルディザイアの刃は、それを無効化する。

魔族の肉体ならともかく、生身の人間の体で受ければ、致命傷を負いかねない。

(仕方ない)

アルは突如として、虚空に腕を突っ込む。

「来い、〝ネメシス〟」

彼は何かの名前を呼びながら、一振りの黒剣を虚空の中より取り出した。

そしてその黒剣を用いて、左右から襲い来るメルトラの剣を両方とも弾く。

「……!?」

「モード〝メイル〟にした方がいいぞ」

ガラ空きとなったメルトラの胴体に、アルの蹴りが突き刺さる。

空間が歪んで見えるほどの衝撃が走り、彼女の体は豪快(ごうかい)に吹き飛ぶ。

そして一度も地面を跳ねることなく、そのまま決闘場の壁に叩きつけられた。

「かはっ……」

メルトラの体が崩れ落ちる。

彼女の胴体は、再びソウルディザイアによって守られていた。

しかしそれでも衝撃を殺しきるに至らず、エンブレムが壊れるほどのダメージは負っていないものの、肺の中の空気をすべて押し出されてしまっている。

「久しぶりに愛剣を使うことになるとはな……やるではないか、メルトラ」

アル、もとい魔王アルドノアが好んで使用した、漆黒の剣。

その名を、魔剣ネメシス。

彼がこの剣を他者に見せることは滅多にない。

何故ならば、この剣を見せる前に大抵の者はアルドノアに敗北しているからである。

「さあ、続きをやろうか」

「……ア、ル」

「ん……?」

「にげ……て……」

まだ距離があると言うのに、メルトラはアルに向けて剣を振った。

すると魔力のこもった斬撃が放たれ、地面を抉りながらアルへと迫る。

「どうして俺が逃げなければならないんだ?」

アルはその斬撃をネメシスで斬り払いながら、メルトラの方へと歩き出す。

「体が……止まら……ない……このままじゃ、君のエンブレムを壊しても……攻撃を……」

メルトラは、ブレインより下された破壊命令に逆らうべく、必死に体を押さえつけていた。

一つの体に二つの魂が存在することは健全な状態ではない。

それぞれの魂が反発し合い、両者の精神が崩壊することだってあり得る。

だからこそ、魂の結晶の破片はブレインのニーズを満たしていた。

砕かれているからこそレイドの自我は弱く、それでいて精神自体は不安定になるが故に、洗脳もしやすい。

そうして、勇者の力を持つ圧倒的な兵器が出来上がる。

——そのはずだったのだ。

ブレインの誤算としては、メルトラの魂が想定以上にレイドの魂に呼応してしまったこと。

そのせいでレイドの魂は再生し、メルトラの魂とぶつかり合うほどに大きくなってしまった。

ブレイン自身は、まだそれに気づいていない。

いや、気づいていたとしても無視するだろう。

彼にとってメルトラはただの実験体で、他にも使い捨てにできる存在は山ほどいる。

たとえ壊れてしまったとて、痛手でも何でもないのだ。

「悪いが、お前の願いは聞けない」

「……っ」

「お前は魔法陣に呑み込まれる寸前、俺の名を呼んだ。俺はお前に言ったはずだ。どうしようもなくなったら、助けが必要になったら、俺を呼べと。だから逃げない。俺はお前を助ける。それが、友達というやつだろう?」

「うっ……うぅ」

メルトラの目から涙がこぼれた。

しかし、その体はどうしても戦いのために動き出してしまう。

一歩ずつ距離を詰め合う二人。

そしてついに、お互いがお互いの間合いに入った。

「アル……〝ボク〟は……君を信じてる」

「……?」

「だから、〝ボク〟だけじゃなく、〝僕〟のことも助けてあげてほしいんだ」

「お前……」

「苦労をかけることになってごめん……でも、〝僕〟は〝ボク〟以上に苦しんでるから……」

「……分かった。他ならぬ友達の頼みだからな」

「――ありがとう」

メルトラは、アルの前で目を閉じる。

そして次に目を開けた時、彼女の表情は別人のように変わっていた。

「……久しいな、勇者レイド」

「まさか、君と再会することになるとは思わなかったよ。魔王アルドノア」

そこにいる者たちが、千年前より語り継がれる伝説の存在であることなど、誰が信じるだろう。

観客たちは気づかない。気づくわけがない。

何故ならば、前提がないから。

人の脳は、あり得ないことを理解し、受け入れるまでに時間がかかる。

彼らを正しい認識で見ることができているのは、現状同じ高さに立っているゼナだけだった。

「メルトラ……と言ったかな。彼女は強い心を持っているね。精神を安定させるために、一度わざと〝僕〟に体を明け渡すだなんて……下手したらもう二度と自分は目覚められないかもしれないのに」

「きっとお前のことが分かるからだろう。お前がどういう存在なのか理解できたから、信頼できたんだ」

「……それでも、やっぱりすごいよ。〝僕〟は本当に弱いから、その強さがよく分かる」

「……？」

「〝僕〟は、君に謝らなければならないことがある」

レイドは、真っ直ぐアルの目を見つめながらそう告げた。

「〝僕〟は君が転生の儀を行ってから、人間を強くすることを放棄した。皆に利用されていることに気づいた〝僕〟は、君にこの世界を滅ぼしてもらおうと思ったんだ」

「だから、人間は弱くなったのか」

「そうだね……少なくとも、投げやりになった〝僕〟は何もしなかった」

ずっと、アルは疑問に思っていた。

人間が弱くなっていることに関しては、まだ理解できる。

しかし、千年後に再び現れると告げた魔王に対し、人間側があまりにも対策していなさすぎること。

十五年の時差があったとは言え、努力した形跡すらない。

そのことに対してだけは、どうしても納得できる答えを見つけることができなかった。

「君がくれた時間に、〝僕〟は報いなかった。だから、それだけは謝りたいとずっと思っていたよ」

「律儀な奴だ。俺とお前はあくまで敵同士だろう」

「……そうだね。確かに、おかしいかも」

レイドは苦笑いを浮かべながら、体から力を抜く。

そして制服を脱ぎ、シャツのボタンを二つほど外した。

「アルドノア、〝僕〟はここにいる」

彼のはだけた胸元には、緑色の宝石が埋め込まれていた。

脈打つように淡く光るその石は、さながら第二の心臓。

メルトラの物ではなく、レイドの心臓である。

「これを壊してくれ。多少手荒な攻撃でも、この子の体はエンブレムで守られているんだろう？　幸い、〝僕〟は彼女の体の一部としては認識されていないみたいだ。きっと根本から違う存在だからだろう」

「一応、先に聞いておく。お前を破壊していいんだな？」

「……もちろん。〝僕〟は他人の体を奪ってまで生きたいとは思っていない。長生きはできなかったけど、最後に〝僕〟を都合よく扱ってきた連中に一矢報いることができたんだ。〝僕〟は自由になって、ようやく眠ることができる」

「そうか……」

「あ、でも……一つだけ頼みがあるんだ。どうか、〝僕〟の魂の結晶をすべて壊してほしい。でないとまた無理やり起こされてしまうかもしれないから」

「分かった、頼まれよう」

「……ありがとう。じゃあ、これで本当にお別れだ」

そう告げて、レイドは目を閉じる。

アルはゆっくりと剣を構え、剣先をレイドの魂に向けた。

「さらばだ、勇者レイド」

「さようなら、魔王アルドノア」

漆黒の突きが、緑色に光る魂の結晶へと吸い込まれる。

剣先が触れた瞬間、澄んだ音と共に、結晶は粉々に砕け散った。

『僕と君はやっぱり相容れなかったけど、もし僕が勇者なんかじゃなければ……友達になれたのかな？』

「ああ……そうかもな」

『そっか……それだけは、ちょっと悔いが残ったかも』

その言葉を最後に、メルトラの顔つきが元に戻る。

そして彼女の体から緑色の光が宙へと飛び出し、それもやがて霧散して消えた。

「──大丈夫か、メルトラ」

「うん……ありがとう、〝僕〟を助けてくれて」

「それはどっちの自分を指しているんだ？」

「さあ、どっちもかな？」

そう言いながら、メルトラは嬉しそうな笑みを浮かべた。

しかし彼女自身だいぶ消耗が激しかったようで、よろめくと同時に地面に倒れかける。

「おっと」

アルがそれを察して支えに入ろうとしたその瞬間。

メルトラは強く地面を踏み込み、アルに向けてソウルディザイアを振るった。

「っ!?」

「油断大敵だね、アル」

反射的に身を逸らしてかわしていたアルだったが、それでもかなり深手になっていたようで、エンブレムの一部に亀裂が入った。

あと一撃でも攻撃が掠れば、このエンブレムはあっさりと壊れてしまうだろう。

「何故……お前がその剣を」

「勇者レイドがね、体を借りたお礼にって残していってくれたんだ。この剣すごいね、今なら魔王アルドノアにだって負ける気がしないよ」

「お前……」

「ごめんね、話全部聞いちゃった」

悪戯(いたずら)っぽい笑みを浮かべ、メルトラはソウルディザイアを構える。

それは明確な戦闘の意思だった。

「せっかくだからさ、ちょっと付き合ってよ。お礼にボクの本名を教えるからさ」

「本名……?」

「ボクの本名は、メルトリア──メルトリア・エルスノウ。女の子っぽい名前が苦手でさ、実は学園にも偽名の方で登録しちゃったんだよね。だから本当に内緒だよ？」

「ああ、覚えておこう」

アルはどこか嬉しそうな表情を浮かべつつ、ネメシスを構えた。

今から始まる戦いこそ、メルトラ、もといメルトリアとアルの、本当の戦いである。

「行くよ、アル」

「来い、メルトリア」

二人の剣が、激しい衝撃と共に交差した──。

「はぁ……はぁ……」

学園内の廊下。

いつの間にか決闘場を離れていたブレインは、息を切らしながら廊下を走っていた。

その顔には濃い焦りの色が浮かんでおり、額には玉のような汗が浮かんでいる。

（ふざけるな……！　ふざけるなッ！　お前は言ったじゃないか！　魔王アルドノア、は、復、活、な、ど、し、な、い、っ、て！）

ブレインの足は止まらない。

しかし、そんな彼の歩みを妨害する者が一人――。

「どこに行くつもりだ、ブレイン」

「き、貴様……！　ベルフェ⁉」

「大方、秘密の研究所に向かう途中だったんだろ。勇者レイドの魂の結晶を抱えて、この学園から逃げるために」

「っ⁉」

廊下の角から現れたベルフェは、わざと足音を立てるようにしながらブレインへと迫る。

ブレインは周囲を見回しながら、数歩後ずさった。

「逃げ道でも探しているのか？　悪いけど、そんなものどこにもないぞ」

「ど、どういうつもりですか！　秘密の研究所？　何のことか分かりませんね⁉」

「とぼけなくていいって。ブレイン・ブランシア……いや、大賢者クロウリーって呼んだ方がいいかな？」

「なっ……何故それを……」

大賢者クロウリー。

千年前、勇者レイドと行動を共にしていた、魔王討伐隊の一員である。

「簡単な推測だよ。アル様は、勇者レイドが魂の結晶となったことに疑問を抱いていた。俺の分析でも、勇者レイドは己の魂を配るような人間ではなかった。そうなると、レイドは他者から頼まれたか、あるいは無理やり魂を砕かれたということになる」

「っ……」

「自分で魂を砕こうとしない以上、他者からの頼みでも断る可能性が高い。そうなると残った線は、誰かが無理やりレイドの魂を砕いたという線のみ。しかし当時人類最強と言われていた彼を無理やり壊せるような人間は、おそらく存在しなかったと思われる。そこから上がってくる線は、身内の裏切りだ」

ブレイン——もといクロウリーの顔が、真っ青になる。

ベルフェはその様子を見て、ここまでの自分の推測がすべて正しいと言うことを察した。

「図星みたいだな。そう、裏切ったのはお前だ。お前は勇者レイドを騙し討ちして、魂の結晶化を施した後、さらにその結晶を砕き割った。そしてお前はそれに対して千年後まで保存するための処置を施し、自分自身は転生の儀を行った」

「お前は一体……何者なんです……」

「俺はお前らが討伐しようとした魔王アルドノアの忠実なる下僕。魔王軍四天王、〝賢楽のベルフェ〟」

「し、四天王の転生体だと⁉」

「お前らの相手は基本的にアルドノア様本人が担当してくださっていたからな。俺たちのことはほとんど印象に残ってないだろ。俺もお前らには大した興味がなかった。だからクロウリーの転生体だって気づくまでに時間がかかったよ」

ベルフェは懐から葉巻を取り出すと、口に咥えて火をつける。

ブレインはその様子を、油断していると捉えた。

片手を背中側に回したブレインは、ベルフェに気づかれないよう指でゆっくりと魔法陣を描き始める。

「最後まで分からなかったのは、何故千年後に勇者を量産するような研究を始めたのかって部分だった。別に結晶化してすぐに研究を始めたってよかったのに、何故わざわざ転生までしてこの時代まで引っ張ったのか……その動機がどうしても分からなかった。でも、それもさっきようやく分かった」

ブレインは再び懐に手を入れると、小さな木片を取り出した。

彼がそれを指で擦りつぶせば、木片は木屑となり、床に散らばる。

「エルレイン王立勇者学園は、勇者レイドが新時代の勇者を生み出すために作った学び舎だ。彼が生きていた時代から今に至るまで、実に創立九百九十年。その間、建物は何度も経年劣化で使えなくなり、そして何度も建て直された。しかし一部屋だけ、まったく手が入っていない秘密の部屋があったんだよ」

「ぐっ……」

「それが、お前の研究室だ。今目の前で砕いて見せたのは、その部屋の壁の一部。ずいぶんとボロボロだよな。なんたって九百九十年の重みを背負ってるんだから」

これでようやく分かった——。

ベルフェは一度煙を吐き、言葉を続ける。

「お前は勇者レイドを結晶にしてから、現代に至るまで九百年以上……何度も転生を繰り返しながら、結晶を人体に定着させるための実験を繰り返していたんだ。そしてようやく、メルトラという器にレイドの魂を定着させることに成功した」

「そ、それが何だと言うんですか！　お前は私をどうするつもりなんです⁉」

「どうもこうも、魂の結晶化は禁忌の魔法だ。それを使うことはこの国じゃ許されていないし、魂を弄ぶ研究なんてもってのほか。二度とこんなくだらない研究ができなくなるように、ちゃんと然るべき処分を受けさせてやる」

「ふ――ふざけるなぁ！」

クロウリーの絶叫が、廊下に響く。

「私の研究がくだらないだと⁉　この研究は世界を救う高尚な物だ！　勇者レイドの魂を現代に生きる者たちの体に埋め込むことさえできれば、簡単に化物を量産することができるのだ！　私は学んだんですよ！　勇者が一人しかいなかったから、魔王アルドノアに敗北したのだと！　我々人類の武器は、その数です！　それを活かさないと勿体ない！　私はこの研究を用いて、このエルレイン王国に勇者兵団を生み出すのです！　どんな国も号令一つで滅ぼせる！　たとえ再び魔王が現れようと！　確実に勝つことができる！　そんな最強の人間兵器集団を！」

「ほら……やっぱりくだらねぇ」

「うるさいッ！　私の研究を否定するなァァァアアア！」

クロウリーは描き切った魔法陣を、ベルフェへと向ける。

「吹き飛ぶがいい！　〝紅炎の大砲弾（フレイムブラスター）〟！」

彼が叫んだのは、会得（えとく）難易度Aランクの炎魔法の名。

廊下を丸ごと吹き飛ばすような高威力の炎が放たれ、ベルフェを呑み込む。

――はずだった。

「あ……あれ？」

「お前、頭が悪いな。俺が何も対策せずにのこのこと体を晒すわけがないだろ」

「わ、私に何をしたんです！　魔法が……！　魔法が使えない！」

「お前はさっきから、俺が吐き出すこの葉巻の煙を吸っている。こいつは吸引した者の魔力を少しずつ乱す効果を持つ、マリラリ草の葉でできた葉巻でな。一度でも吸えば、当分の間繊細（せんさい）な魔力コントロールが必要になる高難易度呪文は使えなくなる」

「馬鹿な！　それではお前も魔法が使えないはず……！」

「ああ、まあな。だから助っ人を呼んである」

「助っ人……？」

クロウリーが疑問符を浮かべた、その直後のこと。

突如として廊下の窓が割れ、そこから一人の少女が飛び込んできた。

「後は頼むぞ、ゼナ」

「はい。でも……今回だけですからね」

窓から飛び込んできた勢いをそのままに、ゼナはクロウリーを床に押し倒す。

本来であればここにいるはずのない彼女の姿に、クロウリーは驚きを隠せずにいた。

「な、何故ゼナ・フェンリスがここに⁉」

「アル様とメルトラが二人の世界を作ってしまったので、のけ者の私は困っている仲間を助けに来たという訳です！　仕方なくですよ⁉　渋々ですよ⁉」

「がっ⁉」

クロウリーの頭を、ゼナは床に押し付ける。

魔法も使えない。

暴力でも敵わない。

この状況、彼は間違いなく詰んでいた。

「別に困ってるわけじゃ……まあ、いいけど。俺は常に確実な方法を選ぶ。主人に作戦を提示する際、勝算が薄い物を選ぶことは不敬に値すると思っているからな。

今だってこれが一番確実にお前を確実に捕らえられると思ったから、こうしてこいつの手を借りたんだ。仕方なく、渋々な」

ベルフェは通信用の魔道具をクロウリーの眼前でちらつかせ、懐へとしまう。

「さて、俺はさっきお前の研究はくだらないと言ったが、その理由を教えてやる」

「っ⁉」

「お前は自分の研究を国のためとか、人類の武器だとか散々抜かしていたが、あんなもん全部建前だろ。お前はただ、研究がしたかっただけだ。勇者レイドの魂という貴重な物を使って、人の体をいじくり回したかっただけだろ。分かるんだよ。俺も研究者だからな。……俺がくだらないって言ったのは、研究内容に対してじゃない。かかった時間に対してだ」

「時間だと……？」

「他者の魂を肉体に移植する方法なんて、五分も考えれば分かる。魂側と肉体側の適合率の高さ、肉体の頑丈さ、魂の屈強さ、それらすべてがバランスよく揃って初めて、魂は体に定着するんだ。そんなこと少し考えれば分かるだろうに、お前はわざわざ人の体を使って確かめ続けた。勇者レイドの魂に適合できる奴を探せばよかっただけなのに、わざと適合率が低いと分かっている人間でも試したんだ。どうなるのかを確かめるために」

ベルフェの言葉に、徐々に熱がこもっていく。

彼は研究者として、クロウリーに対して底知れぬ嫌悪を抱いていた。

「適合率が低い人間に移植したらどうなるのかを確かめるのは、必要なことではあると思う。だが、精々一桁の人数で十分なはずだ。お前はそれを何年も、何十年も、何百年も繰り返した。それの何が高尚だ。お前は高貴な研究者なんかじゃない。ただの頭のおかしい齢（よわい）千を超えるクソジジイだよ」

ベルフェはクロウリーを高みから見下しながら、冷徹にそう言い放った。

エピローグ：魔王、決める

Ａクラスとエクラスのクラス間決闘から、すでに三日という時間が過ぎた。

決闘の結果はすでに学園中の人間が知っており、そしてすでにその話題自体が下火になりつつある今日この頃。

アルとゼナは、相変わらずＦクラスにいた。

「あれからブレインは魂の結晶化の行使と人体実験の罪で幽閉されましたが……結局、私たちの環境は何も変わりませんね」

「仕方ないだろう。奴の罪が暴かれたことで今回のクラス間決闘も有耶無耶になってしまったのだから」

「それは分かっているんですけど……」

「しかしベルフェ曰く、あの戦いを見ていた者たちの間でＦクラスの評価が改善されつつあるらしいぞ？　ゼナはそういうのを望んでいたんじゃないのか？」

「私の望みはアル様の成り上がりですっ！　これだけ戦ったのに、結局アル様の地位自体が向上していないことが不満なのですっ」

「それを言われたら言い返すことはできないな……」

朝の教室でそんな会話を交わす二人。

しかし彼ら自身、何かが変わりつつあることへの実感は持っていた。

まず教室の雰囲気が違う。

これまでは哀愁の漂う冷え切った空気が漂っていたのに、今ではそれもかなり緩和されていた。

それこそ、アルとゼナが決闘で勝利したことで、Ｆクラスにも希望があるということが証明されたからである。

彼らの中にも、もしかすると今後努力でのし上がっていく者が現れるかもしれない。

そう予感できるということは、明らかにいい兆候であった。

「そうだよね。アルはもっとみんなからちやほやされていいはずなのに」

「まったくもってその通り――って、どうして貴女がここにいるんですか」

「連れないこと言わないでよ。ボクは君たちの友達だろう？　教室に遊びに来ることくらい許しておくれよ」

「私は自分から友人を主張してくる人間は信用しないことにしているので」

「うわっ、本当に連れないなぁ……」

何故かアルの隣に座っていたメルトラは、やれやれと言った様子で肩をすくめる。

そんな開き直った態度を見て、ゼナは大きなため息を吐いた。

「メルトラ、もう体の調子はいいのか？」

「うんっ、おかげさまでバッチリ！　ベルフェ先生ももう大丈夫って言ってくれたしね」

「そうか、なら安心だな」

「だね。だって元魔王軍の――いたっ！」

その先を口走る前に、ゼナのチョップがメルトラの脳天を捉える。

「学園でその話をする時は人目を気にしてくださいと何度も言っているでしょう！さもなくば脳天をかち割りますからね！」

「ほ、本当にかち割れるかと思った……」

涙目になりながら、頭を擦るメルトラ。

しかしその様子は、どことなく楽しそうでもあった。

「そう言えばメルトラ、お前の格好はそれでいいのか？」

「ん？　ああ、やっぱりこっちの方がしっくりくるんだよね」

そう言う彼女の格好は、男子用の制服だった。

ベルフェの分析によって、あれからいくつか分かったことがある。

まずメルトラの格好について。

彼女は女子の制服は恥ずかしくて着れないという風に言っていたが、それは知らず知らずの内に埋め込まれていた勇者レイドの魂の干渉を受けていたせいだった。

メルトリアという女性の魂と、レイドという男性の魂。

それらが干渉しあった結果、性に対する価値観がごちゃごちゃになってしまったのである。

そしてメルトラがここまで勇者レイドの魂と適合したことに関しても、ベルフェなりの理由付けがあった。

『おそらくっスけど、メルトラは本来、勇者レイドが転生する予定だった人間だったんじゃないっスかね。もちろん転生の儀とか、そういうズルの話じゃなくて、正しく死んだ後の、正しい輪廻転生においてって話で。だからある意味勇者レイドの一部って感じで、魂と肉体がよく馴染んだんじゃないかって思うっス』

そう語ったベルフェの言葉に、そこまでの根拠はない。

彼とて、死後の世界のことまでは調べようがないからだ。

しかしそれを否定できる人間がいない以上、その考えを受け入れる他ない。

さらに付け加えておくのであれば、そもそも否定する意味もないのだ。

〝彼女〟は無事に日常生活を送れるようになり、〝彼〟は安らかに眠ることができたのだから。

「もう女の子の格好が恥ずかしいとは感じなくなったんだけど、やっぱり着慣れた物ってどうしても楽だって感じちゃってさ。ちょっとここは変えられそうにないね」

「そうか。まあ、誰が困るという話でもないしな」

「あ、でもたまに女の子の格好したら、アルもドキドキしてくれる？」

「どきどき？」

「んー……これは望みが薄そうかも」

苦笑いを浮かべながら、メルトラは頬を掻く。

彼女にとって、アルという男は好意を抱くに値する人間だった。

自分の考えを受け入れてくれて、尚且つ命の危機を救ってもらった。

アルの包容力とその強さ。

一人の少女が心惹かれる要因としては、十分である。

そしてそんな彼女の様子を察することができる女が、ここにもう一人。

ここに来て珍しく、ゼナはメルトラの方を見ながら何度も頷いた。

「残念ながら、アル様にそういう方向性の知識は微塵もないのです……可能性があるとすれば、色仕掛けくらいでしょうか……」

「そ、それはハードルが高いなぁ」

「ですがそれくらいの覚悟がなければ、難攻不落のアル様を落とすことはできませんよ」

「なるほどね……って、何でゼナは味方みたいな態度を取ってくれるの？　ライバルじゃないの？」

「アル様の偉大さは、私一人の器では手に負えません。もちろん嫉妬はしますが……それ以上に私は自分が好きなので、どんな女性が我が主の隣を狙おうが何も怖くありません」

「おお……ゼナって思ったよりカッコいいね。アルのことが好きすぎて頭がおかしくなった変態だと思ってたよ」

「誰が変態ですか！」

二人のやり取りを聞きながら、アルは首をかしげる。

彼女らが話している内容は紛れもない〝恋バナ〟というものなのだが、こんな間近で話していても察することができないくらいには、アルは鈍感の極みへと到達していた。

これに関しては知識がないことがもっとも大きな原因であるため、絶賛感情成長中の彼であれば、いずれ二人の気持ちに気づくこともある――かもしれない。

「お前たちはさっきから何の話をしているんだ？」

「うーん……もっとアルと仲良くなるためには、どうしたらいいんだろうねーって話……かな？」

「なるほど、つまりメルトラはア、アレになりたいんだな？」

「え⁉　も、もしかして……分かるの？」

メルトラの心臓が跳ねる。

あっけらかんと振る舞っていても、突然自分の気持ちを言い当てられれば照れてしまうのは当然だ。

彼の口から続く言葉を待つ間、メルトラの鼓動は徐々に激しくなっていく。

「ああ、もちろんだ。友達よりももっと仲良く……つまり、メルトラは俺と〝親友〟になりたいと思ってくれているんだな？」

「ん――そんなことだろうと思ったよ！」

「喜ばしいな。俺にとって初めての親友ができた」

「ぐっ……ぼ、ボクも嬉しいな……親友」

ホクホク顔で嬉しそうにしているアルと、がっくりと項垂れたメルトラ。

その対比を見て、ゼナは明日は我が身だと気持ちを引き締めるのであった。

「あ、そうだ。ゼナ、お前に伝えておきたいことがある」

「へ？　あ、な、何でしょうか？」

明日どころか今来るのかと、ゼナは驚きながらも姿勢を正す。

そんな彼女に、アルはこう言い放った。

「俺、この世界を滅ぼそうと思う」

「――え？」

その言葉は、彼女らを戦慄(せんりつ)させるには十分な破壊力を持っていた。

あとがき

初めましての方は初めまして、岸本和葉と申します。

この度は本作、「転生魔王の勇者学園無双」を購入していただき、誠にありがとうございます。

いわゆる転生、主人公最強系というジャンルの本作は、私のルーツに極めて近い作品でした。

執筆している途中、デビュー当時の純粋な気持ちを思い出し、最後まで楽しく書き上げられたことを覚えています。

さて、早くも書くことがなくなってきました……。

それなりにこの業界で生きてきたつもりですが、いまだにあとがきという物には慣れません。

あとがきから読まれるという方もいらっしゃるので、本編にかかわることにはあまり触れづらく、かと言って私生活の話をしたところで興味のある方も少ないのではないかと思いまして。

まあネタバレをしてしまうよりかは遥かにマシだろうということで、少しだけ私個人の話をさせていただきます。

基本家にいて執筆をしている私なのですが、最近あまりにも運動していなさ過ぎるということで、素人ながらランニングを始めてみました。

トレーニング用の服を買って、ランニングシューズを買って。

形から入るというのは大事だったようで、運動嫌いだったはずの私は妙に興奮した状態で意気揚々と外に飛び出しました。

少し離れた駅を目標として、片道二キロ程度。

初心者ならこんなものだろうと勝手に思い込み、適当に街を駆けていきました。

そして走り出してわずか数分。

大した速度でもないはずなのに、呼吸は乱れ、足が悲鳴を上げ始めました。

できる限り足を止めずに走っていた私でしたが、一キロ満たない地点で足を止め、そこからは回復するまで歩いて進むことに。

学生時代から持久走が大の苦手だった私でも、ここまで簡単に動けなくなるようなことはなかったはず。

自分の体の衰えを痛感し、とても情けない気持ちになりました。

やはり定期的に運動はするべきですね。

ずっと毛嫌いしておりましたが、これから先も作品を生み出し続けるためにも、健康に気を遣いながら（怪我しない程度に）続けていこうと思います。

どうでもいい話はここまでにして。

本作の制作にかかわってくださった皆々様、本当にありがとうございました。

また出会えることを願って、あとがきはここまでにさせていただきます。

それでは、またどこかで。

キャラクターデザイン公開
アル
魔王アルドノアの転生体。
底なしの魔力を誇るが、勇者学園では
最低のＦクラスに配属される。
「貫ける〝自分〟があるなら、貫いたらいい」
キャラクターデザイン：桑島黎音

キャラクターデザイン公開
ゼナ・フェンリス
魔王の部下。
アルドノアに仕えるため転生。
アルの隣と四天王の座は譲れない。
「私の望みは
アル様の
成り上がり
ですっ！」
キャラクターデザイン：桑島黎音

キャラクターデザイン公開

キャラクターデザイン：桑島黎音

転生魔王の勇者学園無双

2022年6月11日　初版第1刷発行

著　　者　岸本和葉
イラスト　桑島黎音
発 行 者　岩野裕一
発 行 所　株式会社実業之日本社
〒107-0062　東京都港区南青山 5-4-30
emergence aoyama complex 2F
電話（編集）03-6809-0473
（販売）03-6809-0495
実業之日本社ホームページ　https://www.j-n.co.jp/
印刷・製本　大日本印刷株式会社
装　　丁　AFTERGLOW
D T P　ラッシュ

ISBN978-4-408-55728-1（第二漫画）